新经典文化股份有限公司
www.readinglife.com
出 品

每天都是
小春日和

[日]津端英子
[日]津端修一 著
黄少安 译

新星出版社 NEW STAR PRESS

时隔四年,你们还好吗?在爱知县高藏寺的近郊新城建起原木小屋,亲手织布、种菜,用心经营生活四十年。时光堆叠,让我们走进这诠释生命与幸福的画卷吧。

履历

从东京大学第一工学部毕业后，修一先生在建筑设计事务所工作过一段时间，之后进入日本住宅公团①工作。曾负责高藏寺新区等住宅用地的开发建设，现在就住在自己设计的高藏寺新区里。离开日本住宅公团后，任教于广岛大学。目前是一名"自由时间评论家"。

① 为推进日本公共住宅建设，政府全额出资设立的法人组织，致力于建造保障性住房。

修一先生

1925.1.3 出生

B 型血

讨厌的事

"无论做什么开心最重要"是修一先生的人生信条，他最不愿听到悲伤的话和故事。新婚时，曾因英子女士说了一句"生活费不够"而连续几天闷闷不乐。不喜欢鸡肉、鱼、外面餐馆的食物。上医院也是一大痛苦之事。

爱好

生命中少不了帆船运动。刚结婚的时候手头不宽裕，这项运动是他唯一愿意破费的。到目前为止，大小事故一共遇到过五次，每次都化险为夷，平安归来。八十八岁时实现了一直以来的愿望，前往塔希提岛参加帆船巡游，与老友重逢。

英子女士

1928.1.18 出生

O 型血

履历

英子女士是爱知县半田一户酿酒坊主家的千金,家境富裕,从小到大衣食无忧。身体比较弱,喜欢母亲亲手做的料理。十几岁时父母过世,二十七岁结婚。育有两个女儿。

讨厌的事

英子女士承认自己粗心大意。做饭时称量各种食材调味、收拾院子里用过的器具,这些需要耐心、细心的事情都不擅长。也不喜欢外出吃饭、工作。结婚之后能够专注做家务,她感到很幸福。

爱好

从耕田、烹饪,到编织、纺布和刺绣,英子女士凡事喜欢亲自动手。她饭量不大,但很喜欢为别人做饭,喜欢看他们露出满意的表情。在酿酒坊家庭长大,从小见到很多古香古色的器皿,因此喜爱搜集这类物件。日式和西式餐具都是心头好。

虽然没有大的改变，但津端夫妇的生活正一点一点变得更加舒适。

书信往来是津端夫妇与外界交流的重要方式之一，收到的信件增多，因此将屋前的信箱换成了大号。为了炎炎夏日也能干活儿，老两口还搭起了遮阳篷。

时隔四年，发生些许变化的津端家

信箱变大了

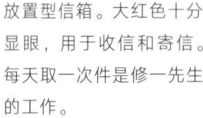
放置型信箱。大红色十分显眼，用于收信和寄信。每天取一次件是修一先生的工作。

桃源
8月

工作间搭起的遮阳篷

阳光直射时，工作间十分刺眼，因此搭建了帆布遮阳篷。这也多亏了修一先生在帆船运动中学到的结绳技术。

堆肥

在菜园的一隅，将生活垃圾、枯叶、杂草等搜集起来沤成堆肥。夫妻俩这几年专注于无盐饮食，疏忽了菜园的照料，堆肥就少了些。

7

照明有所增加

室内的变化

用长绳垂挂灯泡，增加起居室的照明。柔和的灯光照映着修一先生的船长室。

新添冰箱，英子女士放置食材的空间更加充裕。抽

餐具架上方装饰着修一先生自制的画框，会根据季节或心情更换中间的图画。

/新变化/

新添了冰箱

屉式冰箱使用方便，深得英子女士心意。

　　变换餐桌布置、挪动帆船船舵装饰，心情也随之焕然一新。

9

厨房一如从前

厨房没有大的变化,依旧没有热水器,所以没有热水可用;小小的换气扇还折断了扇叶,做饭时不得不打开窗户排风。

只有两个灶炉的燃气灶和显示温度100℃,实际温度高达180℃的烤箱也都健在。当然,从稍显拥挤的厨房飘出的阵阵菜香、一道一道完成的美味料理也一如往常。

换气扇还在

燃气灶也在

洗碗依然
没有热水

老旧的烤箱

为了尽早实现无盐饮食，餐桌上少了味噌汤，多了几道小菜。

早饭

"市场上卖的卷心菜太硬不适合做蔬菜汁，所以我自己去菜园摘了些软的菜叶回来。"

每天早上的蔬菜汁一如往常

用心经营生活的态度 也不曾改变

这四年里，修一先生生病住了一段时间医院。随着年纪越来越大，身体也渐渐不如从前。虽然生活节奏没有发生什么变化，饮食上还是有了些许改变。

尽管如此，英子女士还是照料菜园、精心做一日三餐，修一先生则负责在船长室记录每天的生活。他们在属于自己的空间里，享受着各自的乐趣，度过每一天。

用洗衣机洗衣服并将衣服晾晒收叠变成了修一先生的工作，每一天都是如此。

＼洗衣服／

＼不变的手工制品／

有空的时候，英子女士还是会拿起棒针编织袜子。每次织得不多，但一点点来总能完成。

＼不变的手工点心／

今天吃女儿送来的手工点心"水无月"。味道朴素、清甜的京都日式糕点，再搭配一壶决明子茶。

＼不变的修一先生船长室／

修一先生一坐到这里就仿佛有做不完的事情。给人回信、整理资料，时间一下子就过去了。

13

青柠。谢谢你,让我身体健康!

早上起床后,先去菜园子摘些做蔬菜汁的菜叶,然后做早饭。

吃过十点的点心和午餐,就是午休时间。

吃过晚饭,就该睡觉了吧!

闲暇的时候,英子女士还会织一些小东西,做一点方便存放的食物。

这是外公外婆讲给小外孙女的味道的故事。

86 蔬菜披萨
87 土豆沙拉
90 西式炖牛肉
91 生烤牛肉
91 烤千层面
94 海鳗煮蔬菜
94 鲷鱼籽煮蔬菜
95 炖肉块
95 炖墨鱼
98 散寿司饭
99 常备小菜
102 刀拍牛肉
102 刀拍鲣鱼片
103 烤炉烤鸡
106 烤甘薯泥
106 蜂蜜蛋糕
107 芝士蛋糕
[点心]

107 柠檬果子挞
110 巧克力布朗尼
110 可可风味木莓蛋糕卷
111 巧克力蛋糕
111 基本的果子挞饼底
113 老口味布丁

114 老奶奶大显身手

115 记忆中的味道
117 延续记忆中的味道
120 家里少不了的女人
124 不可或缺的调料
128 有菜园和树林便能生活下去

132 棉花也是自家菜园种的喔

◆ 暖暖针织袜

133 纯天然羊毛线
135 用织布机织围巾
136 从女佣那儿学会的编织技法
138 袜子破了缝上就好
146 修一先生大手大脚
147 英子女士节俭持家
150 白色运动鞋
152 今日事无须今日毕
156 永不停止的好奇心

156 各类针法及编织标记图的织法

158 结语

目次

◆ 留下季节之味的智慧

◆ 英子与修一

18 吃出更好的未来
19 无盐生活的开始
22 各种味道都来一点
26 煲汤的重要性
28 所以说，食材很重要
32 决明子茶和大麦茶

36 夏蜜柑
38 菠萝
40 水果酱
42 梅子
44 栗
45 柚子
46 物不如故
49 简单的点心与热情待客

◆ 自成一派

50 自成一派
51 做饭洗碗的六十年
52 学做饭最好是用舌头
54 美味是时间酿出来的
58 冷冻保存的奥妙
62 修一先生的早餐

◆ 亲近梦想的菜园

68 一小时的农活与两小时的午休
69 迎着春天耕种
71 农田里的果实
72 满怀爱意，精心使用
74 改造便利工具

76 杂树林的恩赐
78 到喝茶的时间啦

◆ 想让花子品尝的味道

[菜式]
82 御田炖
83 炸牛肉丸子
86 东京风味什锦饼

吃出更好的未来

餐桌中央有一只铁网烤炉,可以用来煎烤肉食、蔬菜和什锦煎饼。英子女士说:"大家挤在一起,热热闹闹地吃饭才觉得香呢。"

杂煮的配菜

用鸡蛋、鱼丸、虾丸等每天熬出不同的汤汁,再将大葱、圆白菜、豆芽、香菇等用开水焯过一遍后放入之前熬好的丸子汤里。

"要无盐饮食,所以不能再喝味噌汤了啊。为了多吃点蔬菜,中午一般都做杂煮。正好修一也喜欢吃年糕。虽然味道会比较淡,但是各种各样的食材混合在一起,吃起来也还不错。"

无盐生活的开始

两年前,修一先生生病住院,让津端家的饮食生活骤然发生了改变。

"肾不好了。上了年纪,身子骨也不中用了。所以得赶紧改变之前的饮食习惯,少放盐。医生也说,年轻的时候饮食就应该清淡点儿。之前用糖、盐等调料做饭,觉得很好吃。清淡饮食之后,反倒能品尝出食材本真的味道了。可能是味觉变得灵敏了吧。"

英子女士原本打算等修一先生出院后,再一点点减少食盐用量。但住院时听医生说,只要减少体内盐分含量,任何病症都能有所好转。

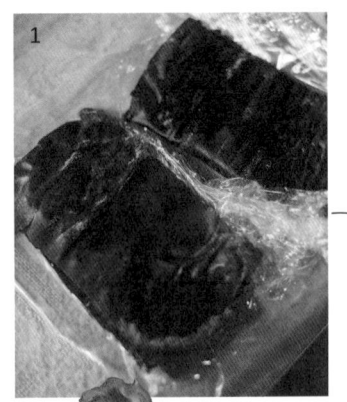

"利尻昆布算是上乘的品种。平时煲汤还是罗臼昆布用得多一点儿。"

英子女士便决心将无盐生活贯彻到底。

"想着尽快实现做食物不放盐,于是做了很多尝试。一开始还怕修一觉得味道太清淡,怪罪我这个老太婆(笑),幸好,我做的菜他都能吃得下。"

"盐吃得少了,对甜度的要求也低了。现在吃市面上的东西反而觉得味道太重,难以下咽。"英子女士说道。

与之前的烹饪相比,英子女士开始更加用心地煲汤。鲣鱼片、昆布、干贝柱、虾,搜罗一切适合煲汤的好食材,每周一次,煲出好几种靓汤,做出一周的量保存在冰箱。这些汤汁也用来做杂煮和炖菜。因为干贝柱、

昆布牛肉卷

做昆布牛肉卷，需要平整的昆布和冷冻好的牛肉。"听说福井人连魔芋也能做成昆布卷，我就想牛肉是不是也能做呢？尝试了一下，没想到做好的牛肉中带着点海的味道，不放盐也很好吃。"牛肉需要提前几天放进冰箱冷藏起来，吃的时候先解冻，再放到铁网上烤熟。蔬菜也可以一起烤。有时候还特地拿卷过牛肉的昆布来煲汤。

烤肉要慢慢烤慢慢吃，享受这个过程。"无论做什么，开心『最重要』"是修一的人生信条嘛。

小沙丁鱼等食物本身就含有一定盐分，在烹饪时充分利用汤汁，就不另放盐了。享受在饮食上下功夫的过程，成了英子女士每天的动力和生活的意义。

为了享受无盐饮食，英子女士还花了不少心思。比如经常更换餐桌布置。英子女士原本就喜爱收藏餐具，经常换不同的桌布、组合大小不一的器皿、精心挑选餐具图案……这些方法让人走到餐桌前就食欲倍增。将做好的饭菜摆盘也比以往更加用心。

昆布汤佃煮

"做这个大概要花一个星期。但是我总在厨房，每天顺便把它热一次就好了，也不是很麻烦。做好以后分成小份，放进冰箱冷藏。汤汁和扇贝的鲜味交融，特别好吃哦。"津端家没有微波炉，解冻都是用烤箱完成。

煲汤的重要性

"开始无盐生活后，我就一直在想，怎么样才能不放盐，还能让饭菜好吃呢？想来想去，还是煲出好汤最重要。"

于是在煲汤上，英子女士充分展现了勇于挑战的精神。昆布、鲣鱼片、干贝柱、虾头，她仔细品尝每一种能够熬出鲜味的食材。修一先生曾说，要看到做食材的师傅才能吃得安心，于是英子女士不断从各地订购修一认可的食材，最后选定了现在用的这些。

英子女士先做好用来做杂煮或炖菜的底汤，底汤稍作加工的调味佐汤，和味道最浓厚、类似西式汤的浓汤，再把它们用在各种各样的料理中。做好的菜品渗入汤汁里各种食材的鲜味，不放盐也足够美味了。

"口味变清淡后，反倒能尝出食材本身的味道了。医生也说我的身

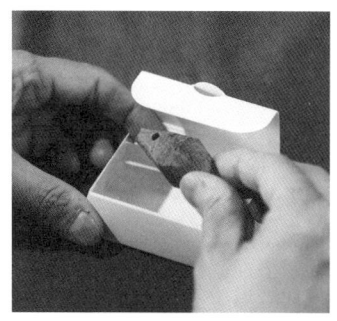

种类丰富的煲汤食材

上 / 削鲣鱼片是修一先生的工作。削到不能再小，像一颗颗宝石，再收藏到漂亮的空巧克力盒里。
左 / 昆布、鲣鱼片、干贝柱……将几种有独特鲜味的食材一起使用，味道清淡但鲜味十足，别有一番风味。

体状况越来越好了，我自己都不相信，人上了年纪，能维持现状就已经很不容易了。"

英子女士一直用亲手烹饪的料理守护着家人的健康。

"我想就算是无盐饮食，只要肯花心思饭菜应该也不会太难吃，于是做了很多尝试。现在看来，这么做还是值得的，果然还是需要自己多动手啊。"

如今，煲汤成了英子女士烹饪时最重要的环节，支撑着津端家的饮食生活。

英子女士的调料 1　靓汤

煲好的汤倒入瓶子里，冷却后放进冰箱保存。"每次会做足够的量，保证要用汤汁的时候总有存货。"

英子靓汤

修一先生中午吃的杂煮和风味浓厚的炖菜用的就是这款"一号靓汤"。充分煲出昆布和鲣鱼片鲜味的汤汁可以用来煮萝卜、竹笋、蜂斗菜等时蔬，也是飞鱼浓汤和御田炖（关东煮）底汤的基础，是英子女士的料理中最基本的汤汁。

※ 在砂锅中加满水，放入罗臼昆布，静置半天到一天后用中火或者弱火煮 1 小时，水变少时适当添加。再放入大约两块鲣鱼片，沸腾后关火。最后夹出昆布，滤出鲣鱼片。一次做充足的量，大约 1 周内用完。

除了昆布和鲣鱼片，干贝柱和虾也是煲汤的绝佳食材。

津端家的味道

飞鱼浓汤

煮萝卜的时候在"英子靓汤"中加一两大勺飞鱼浓汤,适当调味。有一点点味道就足够了。

"我们俩觉得非常好吃了,但对平常习惯了浓口的人来说可能还是味道太淡。那就再根据个人的喜好调味。"

※ 飞鱼汤(127页)、酒、甜料酒各50cc混合,倒入600cc英子靓汤中,煮沸后冷却。

御田炖高汤

客人很多时,就该做御田炖了。因为要放鸡蛋、牛蒡卷等,汤汁也会比平时炖菜时的更加浓厚。主要用干贝柱、鸡骨肉、虾头等熬制浓汤。

"在煲汤上的花销越来越多了,但是不用放盐就能吃得很美味,味觉也变得更灵敏了,修一和我都这样觉得。"

※ 将虾头、3～5块鸡骨肉、5个干贝柱、虾加入英子靓汤,用砂锅炖煮。待汤汁沸腾后加入鲣鱼片熄火。鸡肉和干贝柱煮沸后会有浮沫,需要适时将浮沫撇出。

用砂锅精心熬制的御田炖。浓郁的汤汁和鲜美的食材凝缩在一起,不放盐也足够可口。

> 将十多种食材细细咀嚼,味道混合渗透,即便很清淡,也让人觉得好吃。所以我每次都细致地做很多种。

各种味道都来一点

年轻时基本上只要一种主食,再搭配点小菜就够了。但随着岁数增长,两人的饮食结构发生了变化。"虽然麻烦,但还是想每天用各种各样的食材均衡营养,对身体也好。"

开始无盐生活后,越来越多食材被英子女士做成菜肴放上餐桌。不仅营养均衡,种类丰富的食材混合在一起,风味还能相互渗透,清淡可口。

修一先生一直不大爱吃鱼,如今每天也能吃下一些小鱼了。在自家菜园里种植各类食材,保证每日所需,收获后就搬上餐桌。英子女

常备食品

想要迅速地为修一先生做好早饭，提前准备各类小菜十分重要。英子女士花了很多心思，保证每天约有十余种小菜上桌且不重样。醋藕、鹿尾菜、金平牛蒡、黑豆、甜煮甘梅等，每天一小份，装入玻璃瓶冷冻起来。

士还花了一些心思，通过日常饮食补充钙质。此外，毛豆可以剥皮放入粥里，也可以放在晚餐的米饭里蒸煮，同样的食材有好几种不同的做法。"各种味道都来一点"成了津端家日常饮食的重要理念。

还有拌入萝卜泥的小竹叶鱼糕、用高汤煮的野蜂斗菜等。英子女士说："在那么多食材中，总会有两三样是修一喜欢吃的，这样就再好不过了。"和很多客人一起围桌吃饭时，帮修一先生夹菜也是英子女士的职责。她总是考虑营养的均衡，再把它们漂亮地装到盘子里。

所以说,食材很重要

刚结婚的时候,修一先生会在肉铺买炸肉饼带回家或者在外面吃。但英子女士肠胃不好,从小只吃母亲亲手做的料理,不习惯外出就餐,婚后也总是自己在家做饭。后来,修一先生便每天一下班就回家和妻子一起吃饭。中午带的便当也是英子女士亲手做的,一日三餐只吃妻子做的饭菜,渐渐成了一件自然而然的事情。

年轻时,英子女士就有意挑选对身体有益的食物做成美味的料理。为了保证食材新鲜卫生,她不辞辛苦地去很远的超市采购食材。

"总有人说纪国屋价格太贵,但我愿意放心地在他家买一辈子的食材。种植蔬菜的土、养殖鱼和牲畜的环境和饲料都十分重要。结婚时

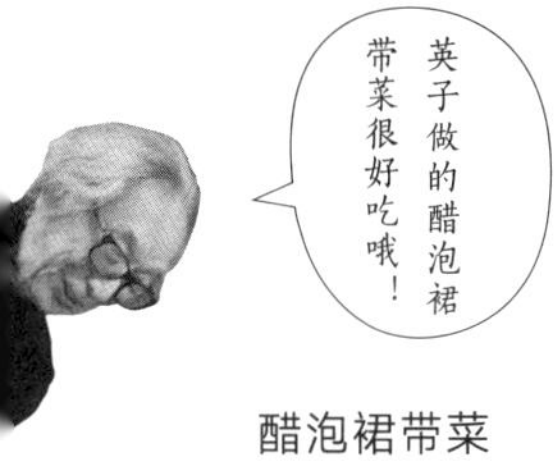

> 英子做的醋泡裙带菜很好吃哦！

醋泡裙带菜

"醋泡海蕴或裙带菜是每日必备的一道小菜。今天没有买到新鲜海蕴，就用了干裙带菜。干菜更容于保存。"将水煮沸，把干裙带菜迅速焯一遍，用筛网沥干（1），大碗中加入醋、料酒和少量甜菜糖（2），倒入裙带菜充分搅拌至粘稠（3）。根据个人喜好适当加减醋的用量。"调味很随意（笑）。但我家都是根据修一的口味来调的，他爱吃才最重要。"

/完成/

从娘家带来的和服几乎都被我换成吃的了（笑）。也正是这样，现在身体才会这么好。"

"民以食为天。很多物件没有也能活下去。但吃下肚的东西如果不好，便会危害健康甚至生命。这样一想，很多东西都不觉得贵了。"英子女士说。

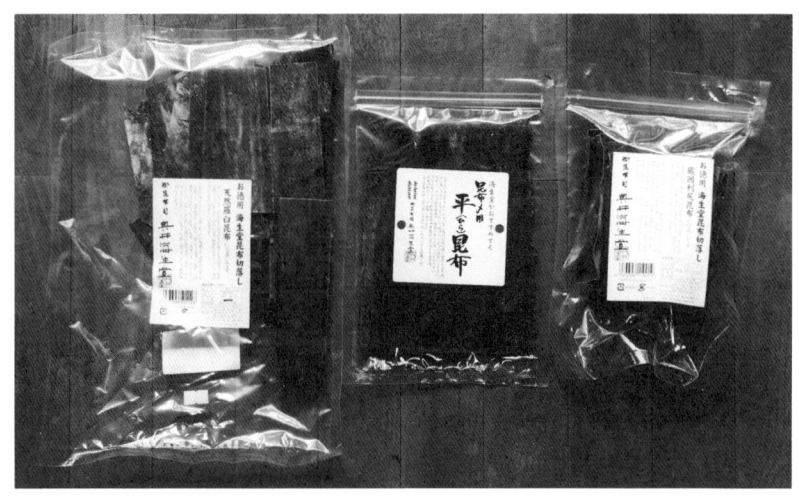

昆布

煲汤、佃煮、做昆布卷……根据用途选择利尻、罗臼等不同的昆布。最近用的是福井的奥井海生堂新运来的昆布。试着做成昆布卷,感觉不错。

"如今虽然物产富余了,但真正对身体好的东西又有多少呢?我们吃每一顿饭都要仔细思考。这样一想,用心烹饪料理虽然麻烦,却极为重要。这也是我喜欢的,所以就一直做下来了。"

从那时开始,英子女士便一直坚持选用有益健康的食材。

"我尽可能选择自然原生态的东西,在店里看到的、从女儿那里听到的,都要亲自尝试。发现了好的食材,就一直用下去。"

修一先生曾对英子女士说,要看到做食材的人才能安心食用。这个建议让英子女士吩咐商家亲自将鲣鱼片送到家中。

夫妇二人长年磨练出挑选食材的眼光,为他们在无盐生活中挑选正确而美味的食材指明了方向。

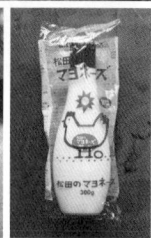

1 鲣鱼片和扇贝柱

除了修一先生自己削的鲣鱼片,家里还经常收到朋友们送的鲣鱼节。一个月下来大概需要五份鲣鱼节,扇贝柱保持随时够用的量,冷冻保存。煲过汤的扇贝柱也要充分利用,拌到什锦饭里做配料。

2 面包粉

日本有机栽培的小麦粉制成的天然酵母粉。做成炸肉饼香脆可口。

3 矿物质水

修一先生身体不好以后,烹饪或是沏茶用的都是"龙泉洞之水"。"换了饮用水后身体好了不少,小便也正常了。"

4 蛋黄酱

"不太爱吃蛋黄酱的花子说过:外婆!这种蛋黄酱很好吃啊。"这是为外孙女准备的"松田蛋黄酱"。

5 鸡蛋

附近的居酒屋为老夫妻派送放养的鸡产的鸡蛋。"虽然有点贵,但我一直都在这儿买。没在超市买过,也比不出味道来。"

31

炒好的决明子茶放凉后,修一先生细心地把它们装到一个个小袋子里,有的打进寄给花子的包裹,有的则当伴手礼送给来访的客人。

往 1L 左右的水壶里放一小勺决明子茶,加热煮沸。有人会想"真的只要这么点?"其实这个量足以品尝茶的韵味了。

决明子茶和大麦茶

在高藏寺定居后不久,因为修一先生工作的调动,夫妇俩曾在广岛生活过一段时间。那时英子女士在菜园里种了木棉,不用怎么打理就能长得很好,这成了她打造一座小田园的开端。之后又种了望江南,收集它的种子,一部分留到来年再种,另一部分焙炒后做成决明子茶。

"这样大概持续了三十年吧。我喝不了凉的东西,天热的时候也只喝常温饮料,秋天往后都喝温热的。"

津端家的大麦茶也是菜园产的。英子女士每年都会炒一定量的大麦茶送给外孙女花子。

"难得麦子长这么好,想让外孙女尝尝外婆亲手做的、卫生放心的大麦茶啊。"

能一直保持身体健康，也多亏了这决明子茶吧。

\焙炒决明子茶/

1

2

望江南的种子放入圆底铁锅，小火耐心翻炒。要不间断地持续翻动，保证种子每个部位受热均匀。

锅里渐渐发出芝麻炸裂一般的声音。种子颜色变深呈茶色时熄火，决明子茶就炒好了。

"决明子茶"的花儿

望江南的黄花十分可爱。花儿凋谢后结出的种子就可以用来做决明子茶。

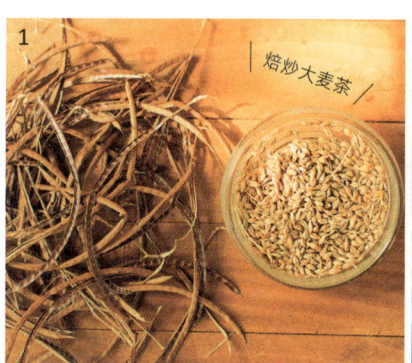

1

\焙炒大麦茶/

2

3

提早收割干燥大麦。将变黄的大麦脱壳，用铁锅或者中式锅焙炒。

必须连续翻炒，以免将麦子炒焦。"夏天的时候累得浑身是汗呢（笑）。"

焙炒大麦茶耗时比决明子茶更久一点，香味也更浓。将麦粒从浅茶色炒到焦茶色，散发出微焦后的香味，大麦茶就做好了。

春夏秋冬，津端家的菜园收获许许多多的果实。夫妻俩吃不完，于是加工、保存，想出各种妙招充分享用它们。这也是大家迫不及待的季节的味道。

◆ こはるびより

留下季节之味
的智慧

夏蜜柑

糖渍夏蜜柑果皮

将夏蜜柑的果皮剥掉，切成细长条，放入砂锅装水煮沸。浸泡一整晚去除苦味，将水倒掉，再次加新水煮沸。捞出后放在日光下晒干，分成小份冷冻起来。食用前撒上砂糖。将细白砂糖和冷冻的果皮装入密闭容器，盖好盖子充分摇晃拌匀。"我做饭用的都是甜菜糖，做糖渍果皮则用红白砂糖。用普通的砂糖很容易结成块，不太好吃。"

用力上下摇晃

还是不太甜，可能摘得太早了吧。

修一先生将梯子搭在果树上，摘掉成熟的蜜柑扔下来；英子女士熟练地捡起来放进篮子。蜜柑绝不会砸到英子女士，夫妇二人配合十分默契。

小号蜜柑用来做糖渍果皮和酸果酱，大号蜜柑则留在果树上，成熟后直接食用。

菠萝

\ 晒干后再品尝 /

选一个晴朗的日子，将切好的菠萝铺在晒干菜用的三层网架上。水分蒸发后，糖分凝缩，菠萝干就做好啦。

每年，津端家都会收到六到十个冲绳石垣岛寄来的无农药菠萝。这些菠萝个头小，味道清甜，十分符合英子女士的心意。夫妇二人很少直接吃，通常会把它们切成扇形，晒干做成点心。剩余的部分则做成果酱、菠萝醋等，充分利用季节的味道。

菠萝蛋糕

像烤果子挞一样，把菠萝干铺在模具底层，再从上面浇上蛋糊烤成蛋糕。菠萝干浓缩的甜度和酸度恰到好处，好吃不腻。

※ 制作方法见 154 页

奶油菠萝蛋糕

试着用四边形的模具做了倒置水果蛋糕，不同的是用了奶油菠萝。比菠萝干更水润，但口味同样浓郁。

> 今天没有菠萝干了，所以拿奶油炒菠萝做了蛋糕。

圣诞水果蛋糕

每近年末，夫妻俩会将这一年收获的水果送给朋友，感谢他们一年来的照顾。栗子、酸橙、梅子……水果们都悄悄藏在这蛋糕里。蛋糕里放了各种足量的干果，"很多朋友都等着我这块蛋糕呢。"

※ 制作方法见 155 页

木莓和草莓酱

"去年园子里结了特别多木莓,就试着拿红酒醋腌渍了一些。不需要一直腌着,大概过一个月就拿出来。味道会变得很浓,很好吃哦。"将腌好的木莓冷藏,待到初夏草莓成熟收获后,找个空闲时间,在腌好的木莓里加入草莓、砂糖,煮成果酱。其他一年四季都能吃到的水果,英子女士也同样花心思将它们做成果酱,乐此不疲。

水果酱

　　英子女士做的果酱鲜美醇厚,吃起来就像新鲜的水果一般。把不同季节的水果做成果酱装进瓶子里,送给外孙女花子和那些关照过夫妇二人的朋友们。

　　春天的草莓,初夏的樱桃,以及盛夏的木莓、樱桃和夏蜜柑……果实接二连三地成熟,每年这个时候,英子女士都忙得停不下来。

　　"做完这个马上就要做梅子果酱了。真的不能再慢吞吞了(笑)。"

樱桃果酱

"最麻烦的要数取樱桃核了吧。"五月下旬是樱桃收获的季节,菜园里樱桃的收成总是很好。采摘完毕,夫妇二人立刻将樱桃核一颗一颗地去掉。"虽然麻烦,但是樱桃果酱真的很好吃啊。还是得加油干!"英子女士说。去核后的樱桃闪闪发亮,像宝石一样。将它们放入砂锅,再加上白砂糖和水煮至粘稠,樱桃果酱就做好了。

花期结束后,树枝上结满了大颗大颗的樱桃。从花儿到果实,从绿树到红叶,津端家的樱桃树就这样反映着季节的变换,也给夫妇二人带来愉悦。

将做好的果酱装到空瓶子里,再分别贴上修一先生亲手写的标签,一眼就能分辨果酱的种类。

梅子

做果酱的同时，还要做各种梅子小吃。特别是做咸梅干，必须考虑天气。连续的大晴天是做咸梅干的最佳时机。

"修一要少吃盐，不能吃咸梅干了，但还有很多朋友等着吃呢。"

咸梅干

摘下黄色的梅子，去蒂，用盐腌渍（用量为梅子重量的8%）。再用盐揉搓紫苏叶，去其苦涩。把紫苏和腌出的梅汁泡在一起，在盛夏来临前的一个月里，每天翻拣，以防发霉。入伏后，若天气预报提示未来连续三天都是晴天，就把梅子和紫苏叶分别盛到笸箩里，拿到户外晾晒三天三夜。"风干变脆的紫苏叶打成粉也很好吃哦。"

甜煮甘梅

无论是作为饭中配菜还是饭后小吃,甜煮甘梅都是一道绝佳的美食。将咸梅干去盐后加入甜菜糖熬煮,对不能吃盐的修一先生来说恰好是一份健康可口的零食。吃过后口腔中残留的些许酸味令人回味无穷。

酱油渍小梅

小梅用清水浸泡一整夜去除涩味儿,装入煮沸消毒的玻璃瓶,将酱油从瓶口倒入。加盖密封,放入冰箱保存。大约一年后就可以吃了。"融入梅肉精华的酱油味道特别,最适合做鱼肉料理。"

栗

每年津端家的栗子树都会结满栗子。"我们会等到栗子熟透，自己掉下来哦。"

利休馒头

1 锅中加入 65g 黑砂糖和两大勺水煮化。2 取一只大碗倒入 100g 低筋粉，再用 1/3 勺水与 1/3 勺小苏打溶解，与全麦粉混合。3 将 1 和 2 中的材料混合做成外皮，待外皮变得顺滑后放置片刻。外皮和豆沙馅各 150g 分成 10 份，用外皮包住豆沙馅。4 蒸 13 分钟左右即可食用。

栗金团

"先将栗子用沸水焯过一遍，再拿勺子挖出栗肉，冷藏起来。想吃的时候就能马上拿出来吃了。"在冻栗子上撒细砂糖，放进蒸笼蒸熟静置一晚，待栗子变得柔软湿润，拿纱布裹住捏出形状。"刚摘下的栗子可以撒上细砂糖直接蒸，如果冻栗子水分不够，就加一点糖水。"

津端家种着两棵品种不同的栗子树。起初只是两株细嫩的幼苗，如今已经亭亭如盖，栗子挂满枝头。

英子女士说，刚摘下来的栗子还不够甜，要先拿塑料袋把它们包起来在冰箱搁置一段时间。"一口气把栗子全处理完太累了。就看着办，慢慢来吧（笑）。"

秋天快要结束的时候，金黄的柚子就成熟了。像往年一样，夫妇二人齐心协力挑选好柚子摘下来。津端家收获的所有蔬果都不含农药，柚子皮也能安心食用。柚子皮可以用来做柚子饼或蜂蜜柚子。还有一样不能错过的，是连同柚子果肉一起煮成的柚子果酱。

糖渍柚子果皮

前面说过夏天用夏蜜柑做糖渍果皮，冬天就能做糖渍柚子果皮了。"下午茶的时间来一点糖渍柚子果皮再适合不过了。我们家的柚子都没有打过农药，皮也吃得很放心。"

※ 制作方法同 37 页糖渍夏蜜柑果皮

柚子蜂蜜

将柚子切成薄片，装入煮沸消毒的玻璃瓶内，加入蜂蜜。蜂蜜变得清爽可口时就可以吃了。可以涂在和果子或者寒天甜点上。"快吃完的时候，再加些蜂蜜没过柚子，过一段时间就又能吃了。"

柚子

刚刚收获的新鲜柚子，小个头的花柚子去核后可以做成美味的柚子饼。

45

物不如故

津端家很宽敞，相比之下，英子女士的厨房显得狭窄拥挤，她却在这里烹饪出了各种美味的料理。说起来，几件强大好用的厨具功不可没，砂锅和铁质平底锅都是陪英子女士走过漫长岁月的老朋友了。

"现在市面上出了各种各样方便的新厨具，但是啊，还是自己用惯了的最好。女儿经常说：'妈，你这厨房也太小了吧，多不方便啊。'但是我真没觉得这儿有多不方便，想要做什么总能办到。"

无论煮东西、做果酱还是煲饭，都要用到砂锅。"真是不管什么，都想拿砂锅来做。"英子女士尤其钟爱砂锅，每天都用它们做各种料理。"做佃煮的时候要连续数日不断开火关火，长时间熬煮，导热性最好的就属砂锅了。"现在家中已经有四个不同大小的手提砂锅，要做的小菜种类增多了，英子女士打趣道："还想再买几个呢（笑）！"

铁质平底锅

可以炒芝麻或菜园里种的小菜，还能烤薄饼。"这种铁锅能迅速加热，煎鸡蛋也是一下子就好。"

不锈钢锅

迷你蒸笼

直径只要18cm的小型不锈钢锅，用起来十分方便。"是女儿给我挑的，但很轻便很好用。做布丁牛奶糖的时候也能用上。"

用来蒸烧麦或馒头的蒸笼。两个人生活，迷你的大小刚好合适。直径为15cm，和前面的是一套。

蕨菜糕

将蕨根粉、砂糖、水放入锅中，中火加热，不断搅拌至透明。再将其倒入模具冷却成形。凝固后用勺子挖出放到盘子里，撒上黄豆粉。"啊！还没凝固。要是昨晚提前做出来就好了。唉，不过也没办法了。"英子女士笑着说。

御手洗丸子

在淀粉中加水，揉捏至耳垂般柔软。分别揉搓成大小适当的丸子，放入沸腾的热水中，浮起后迅速用冷水焯一下。每根竹签上串五个丸子放到烤网上烤。将酱油、汤汁、砂糖搅拌加热至砂糖溶解。最后将做好的酱油糖料涂在丸子上即可。

水果寒天

寒天粉放入水中加热溶化，倒入模具中冷却。锅里放水溶化砂糖，加少量朗姆酒制成糖蜜冷却备用。寒天凝固后切成四方形，依喜好将黄桃罐头（连同果汁）、香蕉和菜园里的草莓等水果倒入，装盘，浇上糖蜜，最后稍撒一点细砂糖。

> 我很爱惜东西吧（笑），这些还都是女儿小的时候用过的便当盒呢。

让蕨菜糕和寒天冷却成形时用的模具都是很早以前的铝制便当盒。做成的糕点厚度正合适，又有盖子，十分方便。因为是铝制品，冷却凝固也很快，英子女士很是喜爱。

简单的点心与热情待客

英子女士简直是待客方面的专家。就算有客人突然造访，她也毫不慌张。一边笑着说"哎呀，家里没有什么好招待的"，一边像魔术师一般迅速地将各种美味点心摆上餐桌。

能够这样迅速，是因为家里常备着蕨根粉、寒天粉、淀粉等做点心的素材。"比起吃外面买的东西，我还是更想让他们吃到自己在家做的东西啊。"英子女士对待客人就是这样热情又用心。

无论是挑选餐具还是装盘，英子女士精心设计每一个环节，简单的点心饱含她对客人暖暖的心意。

自成一派

英子女士最爱的米糠皂。"用来洗澡、洗衣服、洗餐具都可以。任何东西,不亲自尝试就不知道它的好处呢。"

用固体肥皂清洗餐具

用过的餐具先放入水盆简单涮一下,再用固体米糠皂打出泡沫仔细清洗。"对皮肤、对生态环境都没有危害,可以放心使用。"

厨房有些狭小,没有晾餐具的地方,洗好的餐具先拿布巾擦拭干净,然后放到客厅通风的窗户边,过一会儿再收到餐具架上。

做饭洗碗的六十年

做饭、吃饭、收拾餐具、洗碗、再做饭……转眼就是六十年,现在好像只会做这些了似的,英子女士说。

"刚一开始我真的什么都不会做。因为我母亲四十九岁就去世了,结婚后是婆婆一边帮我,一边让我尝试各种事情的。而不管我试着做什么,修一都夸奖我做得很好。慢慢地,我也有了自信,就这么一直做下来了。"

家里的事情,只要稍微下点功夫,亲手去试着做一做,自然就知道下一步该怎么做了。

"总之啊,重要的是不停手地去找活干。"

\摊鸡蛋/

\完成/

平底煎锅倒入油,烧热后迅速倒入打好的蛋液。英子女士烹饪时总是这般细腻又豪迈。这样才美味!

女儿有一次说:"妈!你这个做法也太粗暴了吧(笑)!"

学做饭最好是用舌头

"先尝一下,想想自己和家人会不会觉得好吃。学做饭最重要的就是要多品尝。"

英子女士起初是参照着美食书烹饪的,但也会按个人喜好改进。适当增减调料、把料酒换成枫糖浆或是更换食材。各种各样的新尝试,不知不觉间全部成了英子女士原创的味道。

"十七岁之前,都是吃母亲做的饭菜长大,那是我印象最深刻的味道。小时候记住的味道,这一辈子都很难忘记吧。"

刚结婚的时候,修一先生总是默默地吃掉英子女士做的料理。

"我想，修一可能不大爱吃。因为我自己都不觉得好吃（笑）。但是修一从没抱怨过，总是把我做的饭吃得干干净净，我很是感激。"

度过新婚燕尔的时期，再到生孩子、孩子长大成家、外孙女出生……漫长的人生过程中，英子女士对"美味"的追求与尝试从未停止："所以我做饭从来都是估摸着来，差不多就好。"她一边在厨房忙碌，一边笑着说。六十年的家庭生活培养出的准头儿，已经成为英子女士做饭时的重要标准。

那么，今天和明天，我们能品尝到怎样的美味料理呢？

> 煮沸，然后放凉。继续煮沸，再放凉。不要一口气煮透，让味道慢慢地渗进去。

每一种食材用不同的砂锅熬煮，最后将汤汁混合起来。

美味是时间酿出来的

英子女士做料理时，会毫不吝啬地花费时间和精力去熬、煮、煲，只为充分发挥食材本身的味道。

"我会把各种各样的食材预先处理，存放起来，想吃什么就能随时吃到。"

这些东西可以算是英子女士每天做饭时不可缺少的原料。而英子女士做饭好吃的秘诀之一，便是对每一道工序永不厌烦。

将各种食材准备出来，先发酵一个晚上——这已经是家常便饭了。

除此以外：

※ 煮豆子需要将黑豆和莴苣在水里泡上两晚，一天换一次水。

蜂蜜泡柠檬、腌藠头、梅子酱油。这些都要在做好后放置数月甚至一年再吃，风味才更浓郁。

"只有竹笋是不能冷冻的，挖出来就得赶紧煮。"英子女士说。将竹笋带皮切成两份，放入砂锅加水，再加上米糠，煮30分钟左右，放置一晚。然后放在御田炖里，或加在什锦饭里，还能用作各种料理的辅料。很快就能吃完。

※ 酒糟腌鱼需要将鱼肉腌渍后放置两三天。

※ 做蔬菜肉酱需要先将蔬菜煮软，再加入新的蔬菜煮透，然后放入炖好的牛肉，搅拌、过滤出口感顺滑的肉酱。要花费大量时间和精力。

保存食物则要花更多的时间。

※ 蜂蜜柚子要腌置一星期以上，之后要不断添加蜂蜜。

※ 腌藠头或梅干之类食物，通常需要半年至一年时间。放置时间愈长风味愈佳。

所以，就算需要动手的部分完成了，也不意味着这道食品就做好了。往往是什么都不需要做的那段时间，才决定了食物的美味程度。

切成一口一块的大小

牙还没掉光也挺麻烦的，一吃饭就疼。

为了让修一先生摄取各类营养，英子女士会一点一点地把不同种类的食物分好，盛到修一先生的盘子里。大小也都切成正好能一口吃下的尺寸，照顾得十分周到。

"我平时总是在厨房，做一会儿休息一会儿。不是一下子把所有东西都做好，所以也不觉得很累。"

说起来，保证英子女士料理味道的最好伙伴，还要属砂锅。炖菜、佃煮、果酱、蒸饭……基本上每天都要用到它。砂锅导热比较和缓，能不慌不忙地用来做各种东西。英子女士说这就是砂锅的优点。

同时，砂锅散热慢，这个特性也十分实用。炖菜在锅中慢慢变凉，味道会尽数渗透到食材里。不锈钢锅之类的就很难有这样的效果。做佃煮时要连续几日开火加热、熄火放凉，让味道充分渗入，最适合用砂锅来做了，比用其他厨具更让人放心。

切水果的迷你小刀。经过长年累月的使用与打磨，不知不觉又变小了很多。

把大毛巾围在腰上，拿曲别针固定就成了围裙。"其实就是随便找一条毛巾。用来擦擦手，挺方便的。"英子女士无论做什么，都坚持自己的风格。

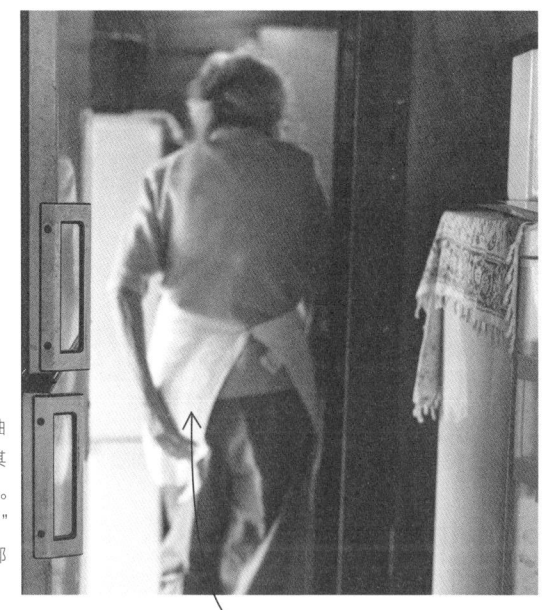

洗脸巾做的围裙

家里没有微波炉，要吃土豆，放进蒸笼里慢慢蒸熟就好了。

也没有高压锅，要吃红烧肉，用砂锅慢慢熬就行了。

至于香脆可口的萝卜干，慢慢把萝卜晒干就好了。

"菜园里的农活儿也不简单。播种、浇水、发芽、再浇水……收获果实需要花大量时间。亲手种下的蔬果都是大自然的恩惠，不精心地让它们成为美味的料理，该多浪费啊。"

不管是菜园里的农活儿，还是烹饪料理，都要耐着性子慢慢做。这也是英子女士不变的作风。

伊莱克斯抽屉式冰箱，用着十分方便。"其实冰箱也想换个新的，但是都太贵了（笑）。"

要寄给外孙女花子的炖牛舌。"做好了寄给花子，稍微加热就能吃了。今年的还没寄呢，可能她都等不及了吧（笑）。"

冷冻保存的奥妙

　　津端家共有六台冰箱。大小不一，有平常使用、冷冻专用等多种用途，而且不集中摆放在某一处。厨房、客厅、工作间都有。

　　虽然每天要做三顿饭，但英子女士并不经常出去买东西。她通常会一次性预订大约两个月的食材送到家里，分成小份冷冻起来。菜园里应季的蔬果收获后做简单的处理，也冷冻保存。不管怎么说，想在一定时期内大量保存食材，增加冰箱的容量是必不可少的。

　　"多亏有这些冰箱存放东西，就算有客人突然造访，我也能立马做出些吃的招待，还可以拿一些作伴手礼送给客人。冰箱真的太有用了。"

什么都能冷藏

除了食材和蔬菜，烤面包、烤薄饼、馒头等点心，烤箱烤过的奶酪烤菜等稍稍加热就能吃的料理也都放在冰箱里。

"将蔬菜切成细丝或薄片风干，再冷冻起来，这样保存的蔬菜很好吃哦。我什么东西都喜欢冷冻，除了魔芋和竹笋。这两样东西冷冻后会出现很多小孔，像蜂窝一样，就不好吃了。"

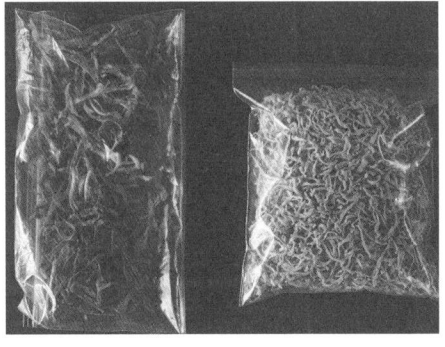

英子女士的调料 2　调味酱

蔬菜肉酱

将炖牛舌、炖牛肉（制作方法见 90 页）多做一些，送给外孙女花子，剩下的就用来做蔬菜肉酱。可以涂烤肉饼或拌奶酪烤菜，是西餐中经常用到的百搭调味酱。只有亲手做，才能有这样温润却又浓郁的口感。"我们从没吃过超市里卖的那种罐头装的肉酱。"做好的蔬菜肉酱分成小份冷冻起来，随吃随拿，方便极了。

白牛奶酱

这种酱一般用在做奶酪烤菜或炖牛肉中。"家里牛奶多的时候，就一次做很多白牛奶酱，分装好冷冻起来。"

※ 在锅里放入 75g 黄油，加热至融化，再倒入 75g 小麦粉不断搅拌。最后将 500cc 牛奶缓缓加入锅中。不断翻动搅拌，以免小麦粉与牛奶凝结成块，开始沸腾立即关火盛出。白牛奶酱就大功告成了。

存放在玻璃瓶里冷冻的调味酱可以放在热水中加热。"虽然没有微波炉，热东西也有很多办法。"

用火加热冷冻保存的蔬菜肉酱。"今天做了烤肉饼，正好可以用这个酱料了。"

津端家的味道

花生沙拉酱

"可以用来做沙拉或拌青菜。花生特别香,口感也很好,是不可多得的宝贝呢。"

※ 先将花生和芝麻炒熟,再拿研磨钵磨成粉。在此之前调制底汤,可以用适量靓汤和飞鱼汤混合调成适当浓度,最后把磨好的花生和芝麻加进去搅拌。

披萨酱

"番茄丰收的时候,会拿大概十个小番茄做披萨酱。"

※ 橄榄油 100cc、小个儿的番茄 10 个(切碎)、洋葱 3～4 个(切成薄片),放入砂锅开火炖煮,直至番茄变软。加入少许甜菜糖、食盐及胡椒拌匀。最后撒上荷兰芹。

用烤箱做奶酪烤菜或烤千层面时,英子女士亲手做的各种调味酱就派上用场了。

"饭菜味道比较清淡,根据自己的口味加点酱料吧!"将各种调味酱、色拉酱盛在广口玻璃瓶里,摆上餐桌供客人享用。

每种食物不需要太多,时蔬和小鱼等十多种菜有两三种最爱的,再加上一碗粥,就是每天的早餐。

修一先生的早餐

即便是过着无盐生活,为了让修一先生对每天的饮食有所期待,英子女士在菜单和烹饪上依旧花足了心思。

"修一现在吃不了太多,但我希望他吃的种类多点儿,这样一来,各种不同的口味混合起来,即使味道清淡,多少也会可口一点吧。"于是,津端家的早餐通常会准备大约十种小菜。担心修一先生总吃同样的东西会厌烦,英子女士还耐心地思考每天的食材搭配。

午餐是杂煮。三点钟下午茶,晚餐是煎鱼、烤鱼或其他肉类料理。

"我晚上一般会先问修一想吃什么,做一些他想吃的。修一爱吃咖喱和西式煨汤,因为不能吃盐,晚饭基本就是番茄和咖喱的味道。每一天最好能吃到'像彩虹一样'五颜六色的食材,营养的均衡太重要了。"

星期日的小豆粥

像是为了庆祝新一周的开始，英子女士每个星期日都会做夫妇两人最爱的小豆粥。"一个星期每天都喝同样的粥会觉得很单调吧。怎么都得有一天喝上自己喜欢的粥。"

二十四小时三明治

修一先生每天必须摄取 2L 水分。全靠喝水或茶又很难达到标准，英子女士就准备了随时都能吃到的点心。就连半夜十二点起床喝水，她也备好了宽五厘米的小块三明治。"这个非常好做，把煮好的土豆、胡萝卜夹在里面，稍微烤一下就好了。"

某一周的早餐

○星期日

小豆粥、鳗鱼 1 片、小竹叶鱼糕 3 片、拌白萝卜泥、醋藕片、金平牛蒡、鹿尾菜、芝麻花生拌菠菜、虾仁春卷、干小沙丁鱼片少量、醋泡裙带菜。

○星期一

白米粥、鳗鱼 1 片、萝卜饼 1 块、芝麻炒莲藕、金平牛蒡、无翅猪毛菜、芝麻花生拌菠菜、烤银鱼少量、醋泡裙带菜。

○星期二

白米粥、鳗鱼 1 片、虾仁烧卖、脆莲藕、金平牛蒡、鹿尾菜、芝

> 女儿和我一样，早餐都爱吃米饭！

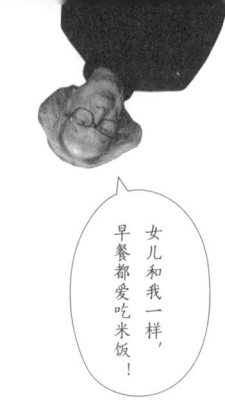

爱吃面包的英子女士

"从很早之前开始就是，修一喜欢吃米饭，我喜欢吃面包。为了让我们都吃得开心，分别做两份也没关系。所以啊，家里的果酱都是我一个人吃掉的！"

麻拌小松菜、豆腐、野大豆鸡蛋汤、裙带菜、小沙丁鱼（去盐）。

○星期三

白米粥、鳗鱼1片、蔬菜蒸饺1个、金平牛蒡、鹿尾菜、圆生菜、沙拉（鸡蛋、裙带菜、小竹叶鱼糕半份、芦笋）、烤银鱼。

○星期四

青豆粥、鳗鱼1片、虾仁春卷、裙带菜、横滨烧麦1个、金平牛蒡、鹿尾菜（加牛肉）、小沙丁鱼、萝卜饼、炖莲藕、烤银鱼、芝麻花生拌菠菜。

○星期五

白米粥、鳗鱼1片、蟹肉蒸饺1个、油炸虾仁豆皮、金平牛蒡、鹿尾菜、醋藕片、醋泡裙带菜。

○星期六

白米粥、鸡蛋培根、沙拉（土豆、胡萝卜、青豌豆、蛋黄酱）、金平牛蒡、鹿尾菜、醋藕片、银鱼。

面包也冷藏起来,想吃的时候夹一些蔬菜拿烤箱烤一下就可以了。"大半夜的也不能吃太多,所以做了很多小份的东西,吃一口就好。"

"星期六的早上,是一周一次鸡蛋料理日的时间。"做鸡蛋培根时用的培根是修一先生自己熏制的。沙拉里会加上煮鸡蛋。

四十年前，夫妇二人搬到这里时，英子女士就有一个愿望——拥有自己的菜园。不断失败，又不断尝试，菜园终于有了现在的规模。每年种菜叶都要有一种"啊，再多种一点就好了"的感觉，这样才会对明年的播种充满期待。

◆ こはるびより

亲近梦想的菜园

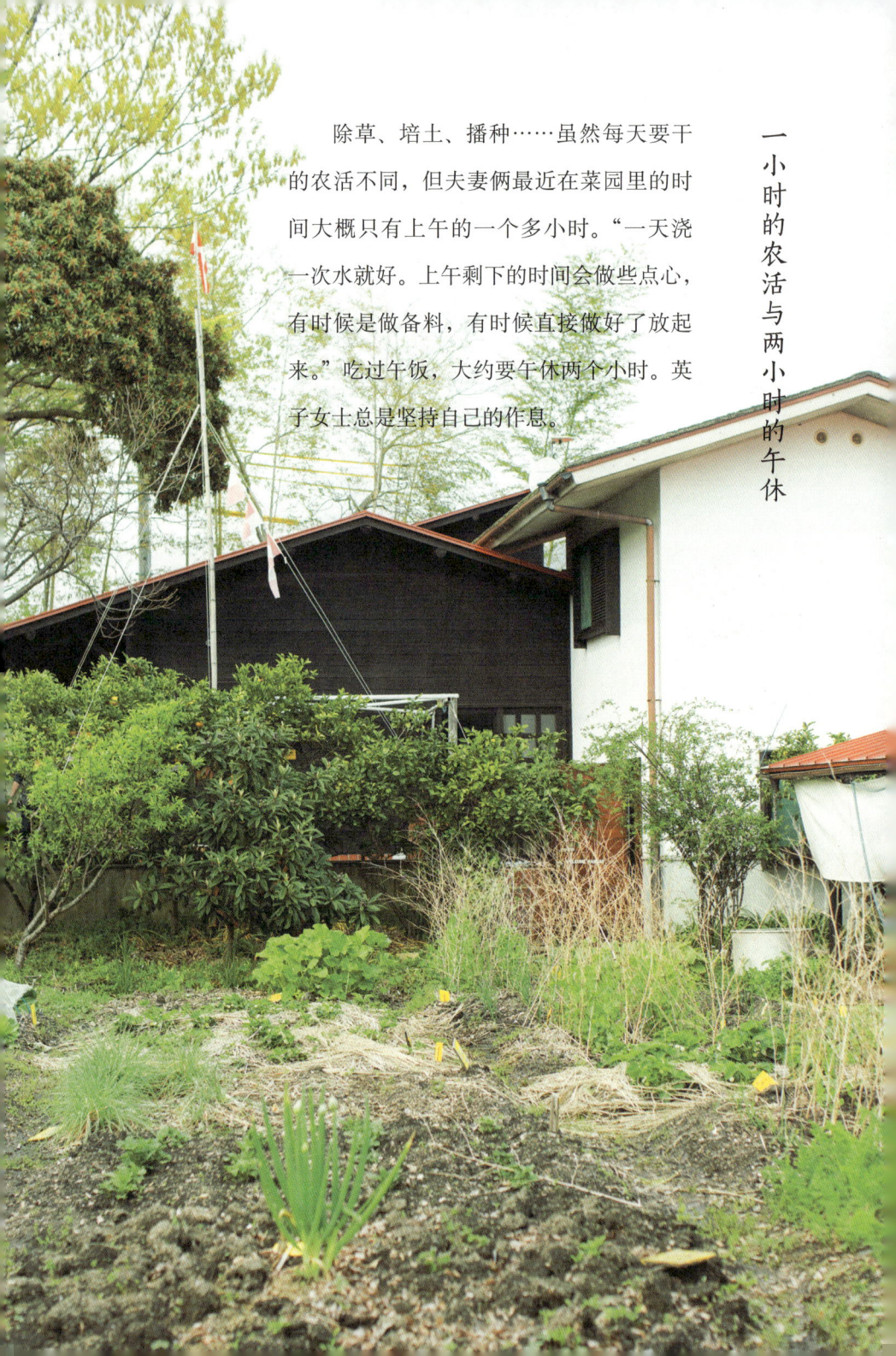

除草、培土、播种……虽然每天要干的农活不同,但夫妻俩最近在菜园里的时间大概只有上午的一个多小时。"一天浇一次水就好。上午剩下的时间会做些点心,有时候是做备料,有时候直接做好了放起来。"吃过午饭,大约要午休两个小时。英子女士总是坚持自己的作息。

一小时的农活与两小时的午休

迎着春天耕种

> 如果不拿网布罩着，白头鹎就会来吃这些蔬菜果子。

> 地里的蚯蚓好多啊。

> 看起来好像什么都没有，其实好吃的可多了呢。

\收获/

> 百舌鸟就等着我把地挖成这样子呢。

牛蒡用来做金平牛蒡，圆白菜挑比较嫩的部分打成蔬菜汁，西兰花用水焯过之后冷冻起来。"吃多少摘多少，尽量保证每次都吃最新鲜的。"

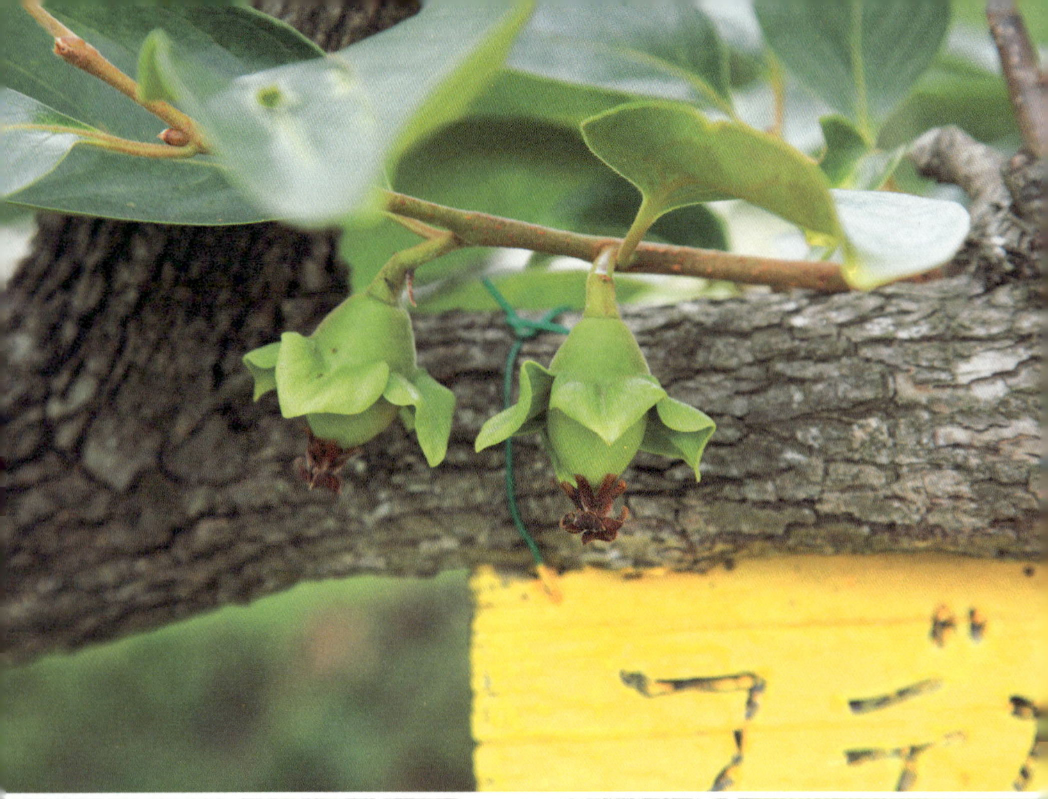

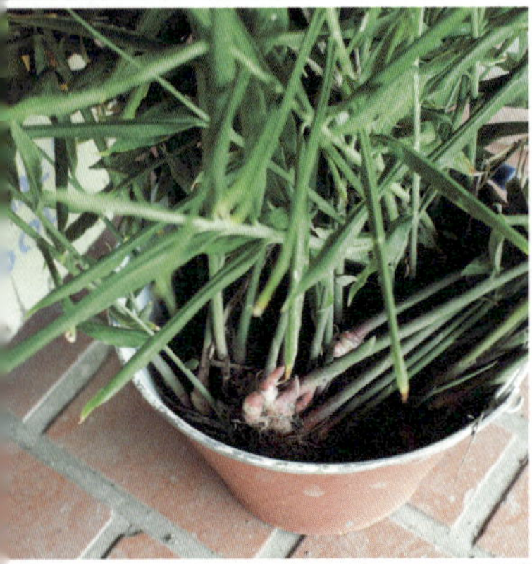

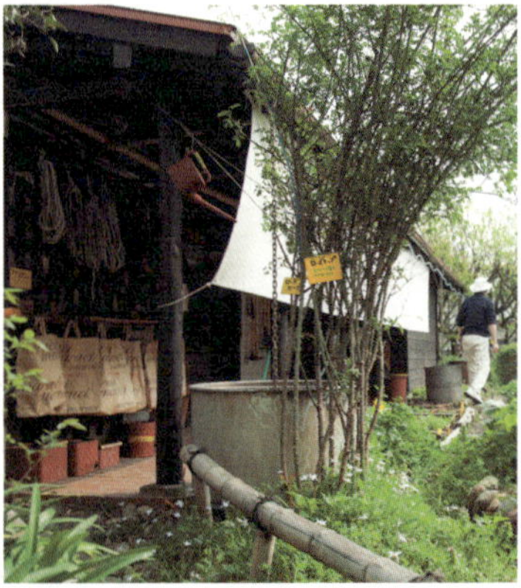

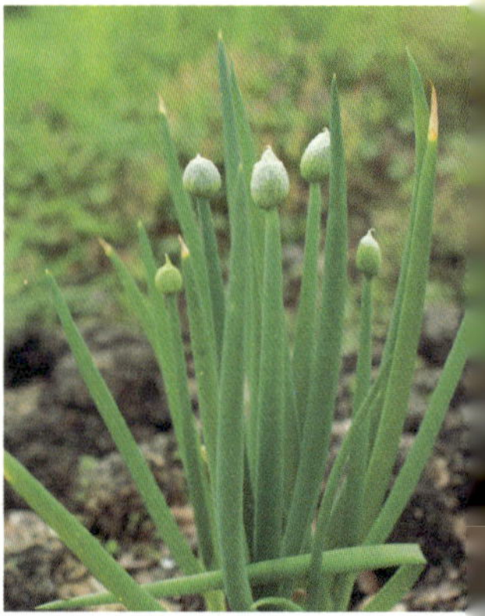

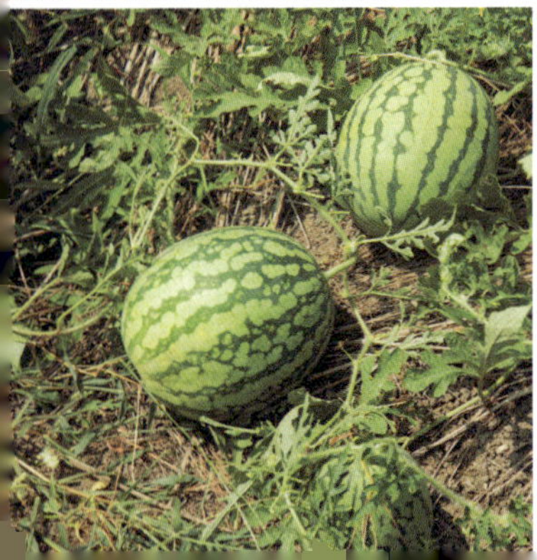

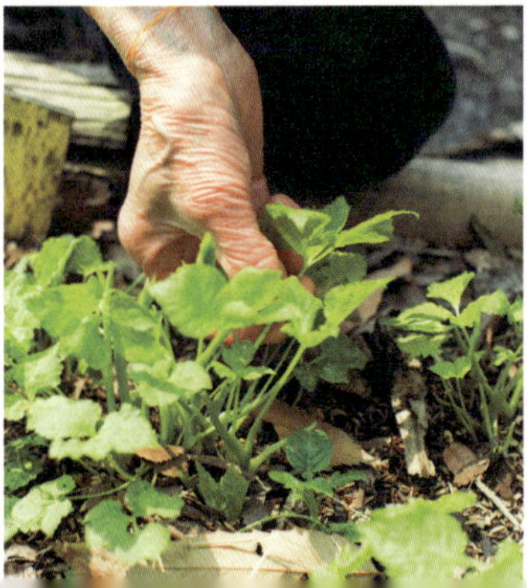

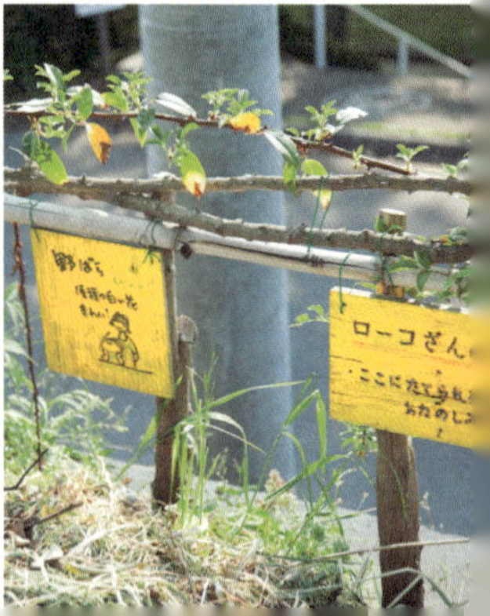
ローコさん

农田里的果实

"今年玉米长得不好,草莓熟得也晚。"修一先生和英子女士一边在菜园里转一边说。虽然每年用同样的方法种植,收获的情况却不完全一样,种田就是这样。

"也许那样会更好吧?下次试着这样做吧!考虑这些本身就是很快乐的事。"为了每天都能有所收获,夫妇二人错开作物的播种时期,让田地无论何时都结满果实。

浅紫色的蚕豆花。摘下的蚕豆可以煮着吃,剩下的冷藏。

"等秋天到了,打算把这株四季葱再种下去。现在先把它的根晾一晾。"

"今年试着种了几株西瓜苗,最后结了几个大西瓜呢。"英子女士兴奋地说。从种植幼苗、开花、间苗到结出西瓜,要花很长的时间。付出这么多辛苦,总算是抱着大西瓜回家了。"耕种就像育人,肯下功夫,才会有好的收成。"

修一先生亲手做的黄色便笺，上面写着接下来要种的每种蔬菜。好像在告诉英子："播种的准备工作已经就绪啦！"

这里也有修一先生刻下的日期，记录着上一次修好这把扫帚的日子。

绘图上色、写下名字
满怀爱意，精心使用

72

菜园里无处不在的黄色便笺，是津端家独特的风景。简明易懂、整齐划一，逐个看过别有意趣。

"一眼就知道哪里种了什么，没有开花结果也能认出品种，非常方便。"修一先生对自己的杰作很是满意。

修一先生亲手做的木质部件。可以钉在柱子上，绑拉遮阳篷的绳子。"这是我在帆船运动中学到的。"修一先生笑着说。

"糟了！要被主人弄丢了！"

夏天的时候，草木长得旺盛，铁锹经常不知道落在哪儿了。这时，漆成黄色的手柄就显得格外引人注目。

墙上整齐地挂着各种农具，下面的箱子用来临时存放收获的作物。

收获的作物用这辆独轮车搬运。"多亏有了它，搬东西轻松多了。"英子女士说。

改造便利工具

> 这些工具都是用院子里的树枝做的。英子要我做得细点儿、长点儿。

> 虽然说细一点儿的好，但是很难有合适的树枝呀。

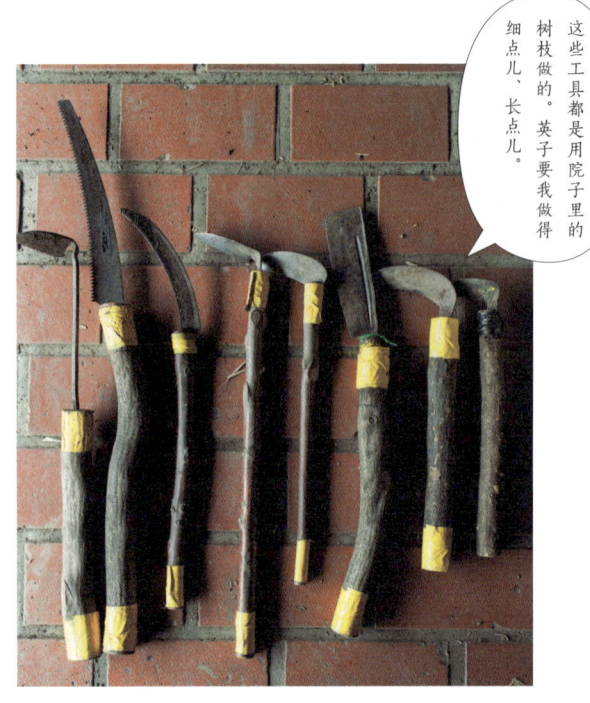

\努力工作的修一先生/

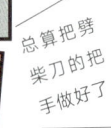

\总算把劈柴刀的把手做好了/

74

英子女士说："这些农具用了几十年，都用旧咯。"修一先生便用树枝做了新把手换上。他按照英子女士提出的要求，一刻也不停闲地工作。做好的农具，用津端家标志性的黄色胶带缠起来。

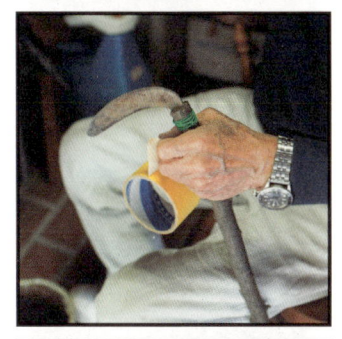

> 我就是这样给英子打下手的哦（笑）！

> 英子可严格了。我做好的工具，她要是不满意，是不会用的。

杂树林的恩赐

	2		
1	3	4	5

1～5 当各家各户扬起鲤鱼旗的时候，竹笋就一个接一个地冒出来了。它们一眨眼就会长成竹子，如果决定吃掉，修一先生就马上从工作间拿出铁锹，把鲜嫩的竹笋挖出来。不能错过最鲜美的瞬间。

津端家北边有一片杂树林。一到春天，就会冒出许多新生的竹笋。两个人吃不了那么多，剩下的就留下来任由它长成竹子。吃多少留多少，还得是夫妇俩商量着决定。

修一先生说："留下来的竹笋长成竹子，大概五六年后就能砍掉做栅栏了。"这片树林在夫妇二人生活的方方面面提供了源源不断的馈赠。

到喝茶的时间啦

三点的下午茶,是放松身心的小憩时间。对于修一先生来说,薄饼或煎饼配上一壶茶,再享受不过了。有客人来访时,便用家里做的布丁、蛋糕,搭配两三种点心做成拼盘。一边品味红茶的芳香,一边度过悠闲的时光。

1	3
2	4

1 烧一铁壶热水。"用铁壶烧出来的水,水质更软,而且会含一些铁。" 2 茶杯等茶具都放在篮子里,再盖上防尘布。 3 Ginori 碎花茶杯和茶碟。"花子看了一定会喜欢的。" 4 招待客人的手工点心,将几种不同的点心装成拼盘,是英子女士一贯的风格。

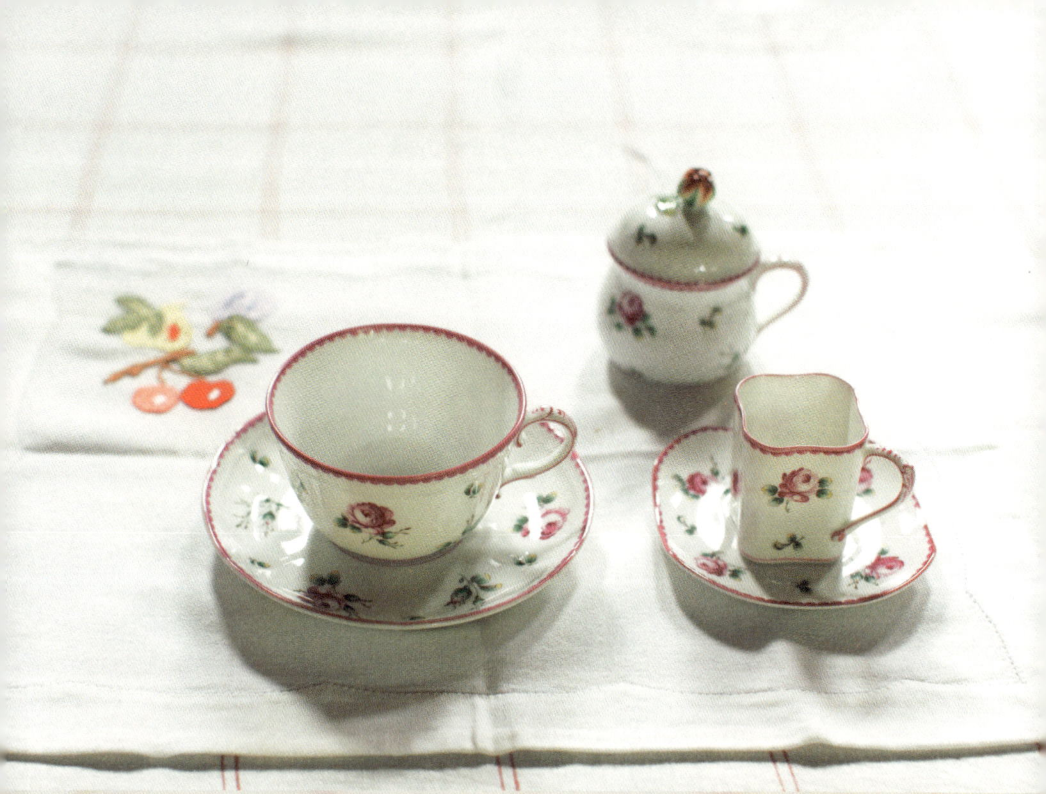

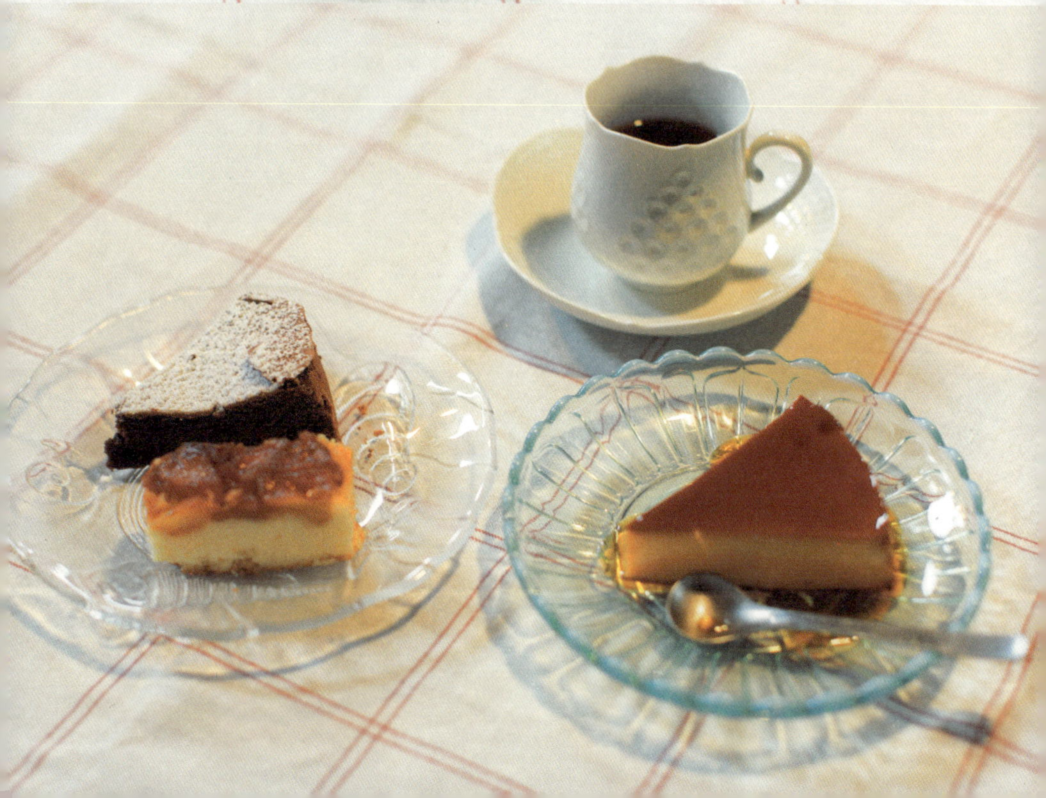

炸牛肉丸子

御田炖

◆ こはるびより

想让花子品尝的味道

结婚六十年来，英子女士坚持用心烹饪出韵味悠远而充满力量的味道。让我们一起走进英子女士的料理哲学，去了解她的烹饪诀窍吧。

御田炖

"天气转凉后,就可以用砂锅做御田炖了。看着满满的一锅就胃口大开呢。"

萝卜要切得厚些,里面夹一些米饭;还有土豆、胡萝卜、芋头等,都切成大块,放进砂锅加水煮。这就是御田炖的底汤,另外再煮什么可以根据个人的喜好来。今天,英子女士还加了魔芋、虾、墨鱼、扇贝、炸豆腐、牛蒡卷、水煮蛋等。魔芋在沸水中过一遍就好了。

※ 先将食材放进砂锅,倒入御田炖底汤、少许料酒开火煮。加热到一定程度后熄火冷却,再开火加热,再冷却,反复几次,让汤的味道渗透到各种食材中去。汤煮少了就再添点继续煮,让汤汁更加浓郁。

虾都去哪儿了?

自己家种的蔬菜就是好吃啊。

鱼丸什么的放会儿再煮吧。

吃不了那么多啊。

炸牛肉丸子

"修一一直很喜欢吃炸肉饼、炸丸子之类的。后来不能多吃盐了,我就给他炸一些不放盐的丸子。做丸子用的肉都是上等的,就为了修一能更爱吃一点。"

※ 将土豆整个用沸水煮过去皮,搅拌松软。然后将炒好的牛肉、洋葱拌到土豆泥里,放少许胡椒粉,揉成一个一个的圆球。在丸子表面沾上小麦粉、鸡蛋、面包粉,最后用菜籽油炸成金黄色。

"炸丸子还是得用菜籽油,这样炸出来才金黄酥脆。今天炸太多啦,油也就用得多。"

"寄给花子的丸子,都是炸好后冷冻起来再寄。其实刚炸出来的时候最好吃了,但是冷藏起来,就能随时吃到啦。"

东京风味什锦饼

蔬菜披萨

土豆沙拉

东京风味什锦饼

英子女士回忆说:"孩子他爸之前在家做的什锦饼大家都很爱吃。"

"东京的什锦饼会放一些干菜进去,像鱿鱼丝什么的。但是名古屋的什锦饼就属于关西风味,里面会放生的圆白菜。干菜让饼变得酥脆,别有一番风味。"

※ 高筋粉与低筋粉各100g,鸡蛋1个,水200cc混合搅拌。在平底锅上摊成直径约10cm的圆形薄饼,用中火煎烤。其间,在饼上撒去盐的小沙丁鱼、樱虾、烤海苔片、鲣鱼片、鲷鱼松,一侧煎好后迅速翻面继续煎烤。最后涂上调味酱。

蔬菜披萨

"在纪国屋买好现成的披萨饼底,加上应季食材,就能做出各式各样的披萨。有以牛肉、猪肉为主的肉披萨,也有满是蔬菜的蔬菜披萨。时令不同,做出的披萨口味也不同。如果番茄长得好,就做些番茄酱涂在披萨上,再抹点儿芝士,简单又好吃。"

做什锦饼需要用到烤肉时常用的铁丝网,这样烤出来的饼松脆可口。

※ 先在披萨饼底上涂一层橄榄油，然后反复涂抹几次披萨酱。事先炒好牛肉和猪肉，将土豆切成 1cm 的厚度油炸捞起，再将扇贝用沸水焯过备用。把提前做好的馅料均匀铺在饼底，涂上披萨酱、撒上天然芝士，放入预热 180℃的烤箱，大约 10 分钟后便可以取出享用。

土豆沙拉

"修一特别爱吃土豆，其实我没那么喜欢吃（笑）。"但只要是修一先生喜欢的，英子女士总会将它们做成各种营养均衡的料理。

将土豆、胡萝卜、青豌豆充分煮过后沥干水分，切成合适的大小。

"修一牙不好，我就尽量切小点儿。"

最后将水煮蛋切碎，拌上蛋黄酱或沙拉酱，土豆沙拉就完成了。

"如果喜欢，还可以撒一些胡椒粉来吃。"

※ 有时沙拉里还会加蟹肉。好好享用当季食材，是英子女士一贯的坚持。

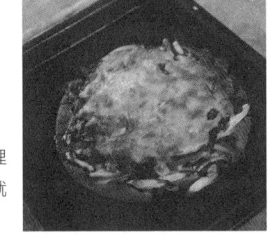

"披萨的馅料都预先处理过，烤到饼底颜色变深就可以吃啦。"

西式炖牛肉

生烤牛肉

烤千层面

西式炖牛肉

外孙女花子总是满心期待外婆做的西式炖牛肉。蔬菜清爽的味道融入牛肉汤汁中,浓而不腻,正是这道菜的绝妙所在。

"总之啊,煮得越透越好。煮到蔬菜都化在里面了,把汤汁过滤一遍,再放进新鲜的蔬菜,汤才越煮越浓。做起来可能有些麻烦,但吃了一定对身体有好处啊。"

偶尔从朋友那儿或集市上得到一些上等牛舌,还能用同样的方法做一顿更加精致的西式炖牛舌。

※ 牛肉 1kg,切成 1.5cm 厚,用平底锅将表层稍稍煎一下。煎好的牛肉放入锅中,倒入番茄酱、猪排酱,加水至刚刚没过食材,开火炖煮。牛肉煮软之后,将切好的土豆、胡萝卜和洋葱加入锅中,继续炖煮。倒入白牛奶酱煮至蔬菜变软,取出牛肉过滤汤汁。然后将牛肉放回过滤好的汤汁里,加入新的土豆、胡萝卜洋葱继续煮。

"如果家里有,可以放点儿西芹提香,再加一些鲣鱼汤味道会更鲜美哦。"

西式炖牛肉的精髓在于将牛肉汤炖得浓郁却粘稠。"用砂锅炖煮,汤汁口感会更加顺滑哦。"

生烤牛肉

"烤多长时间取决于牛肉的大小。但我通常都会用180℃的温度烤30分钟左右，然后用余热慢慢煨熟牛肉。"

※ 生烤用牛肉依顺序涂上盐、胡椒粉、橄榄油和黄油，包在保鲜膜里放置一晚。将烤箱预热至180℃，放入腌好的牛肉烤到表层呈焦黄色。

煮好的土豆拌上蛋黄酱做成沙拉，胡萝卜切好用水煮，加糖和黄油提升甜味。烤好的牛肉切成薄片，最后搭配焯过的绿色蔬菜，色香味俱全。

烤千层面

"这道菜好像是结婚前，在工作过的驻军基地里学会的。女儿们小的时候经常做给她们吃。"

※ 牛肉与洋葱（薄片）爆炒，倒入番茄酱炖煮。将烤千层面用的宽意大利面按照包装上的说明煮熟捞出。使用耐热器皿放入牛肉、洋葱、以及1/3的番茄酱，在上面放一层宽意大利面，重复加上白牛奶酱、牛肉、洋葱、1/3番茄酱。浇上融化的芝士，放进180℃的烤箱内，烤到芝士略带焦黄就可以了。

将冷藏的荷兰豆解冻，同时用橄榄油和甜菜糖调味。在平底锅上快速翻炒几下便可出锅食用。

海鳗煮蔬菜

鲷鱼籽煮蔬菜

炖肉块

炖墨鱼

海鳗煮蔬菜

"修一平时不吃海鳗,今天是破例(笑)。老家的酒厂有很多京都来的酿酒师,所以我从小就习惯了海鳗的味道。一到夏天就想吃点儿。"

※ 将刚挖出的新鲜竹笋切成两节,加入米糠后水煮一遍,放置一晚。次日将竹笋入锅,倒入御田炖的底汤至没过竹笋,加入适量飞鱼浓汤调味。小火煮两天左右。水少时续入汤汁。最后倒入焯过的芸豆和海鳗,待味道渗入便可出锅了。

鲷鱼籽煮蔬菜

"每年六月是鲷鱼产籽的季节,我早就盼着买一些鲷鱼籽。修一特别爱吃,我们每年都会做。"

※ 将鲷鱼籽放入锅中,倒入味淋、酒、汤汁、少许甜菜糖一起炖煮。为了不把鱼籽煮坏,尽量用小火慢煮入味。用米糠和竹笋一起煮,软化竹笋去其涩味。蜂斗菜也先用沸水焯一遍。最后用飞鱼浓汤煮竹笋和蜂斗菜,倒入鲷鱼籽后再煮一小会儿。

炖肉块

"往底汤里加入调味料,尝到味道稍微有一些淡的时候刚好。调味时一定要边尝边调,确认是否符合自己的口味。"

※ 将五花肉切成长 3cm 的块,放入砂锅。在足量的底汤中加入 10 粒左右酱油渍小梅(43 页)、酱油、酒、味淋(确认味道是否合适),放入肉块至刚刚露出汤面,用小火慢煮,直到完全收汁。"不能煮得太过,肉太软就不好吃了。所以要好好看着,火候很重要。"

炖墨鱼

"家里做炖墨鱼用的都是小墨鱼仔,所以不是一年四季都可以吃到。如果正好买到了一些小墨鱼,那真算是运气好。"

※ 糯米 1 合①、粳米 1/2 合,淘去杂质。去除墨鱼仔的软骨与内脏,洗净,在腹腔内填入两三勺米。米煮熟后会膨胀,注意别放得太满。将墨鱼仔整齐地摆放在砂锅内,浇上料酒、飞鱼浓汤等,小火慢炖 1 小时左右。

放凉后再次加热,可以将墨鱼放在珐琅瓷的平底盘内,上笼来蒸。"蒸出来的墨鱼仔会松软膨胀,不至于太硬。"

---

①日本仍在使用的计量单位,十合为一升。

散寿司饭

醋藕片

甜煮甘梅

煮黑豆

昆布佃煮

散寿司饭

"散寿司饭颜色特别漂亮。各种食材的味道混合在一起,好吃又健康。散寿司饭多做点才好吃,所以只有一下子来很多客人时才会做,让人一看就觉得很隆重。"

※ 胡萝卜、牛蒡、香菇、炸豆腐等放入锅内,倒入适量的底汤和飞鱼浓汤熬煮(1)。备足量切好的鳗鱼、鲷鱼松(2)。将煮好的米饭放入木桶,再将蔬菜、炸豆腐、汤汁拌入米饭(3)。撒上鲷鱼松(4)、鳗鱼丝(5)、鸡蛋丝(6)、煮好的油菜花和茼蒿(7)。色彩丰富,十分可口。

"散寿司饭用的都是当季食材。有时用鳗鱼代替海鳗,油菜花代替莲藕。饭里拌的菜不固定,时令生鲜最新鲜美味。"

常备小菜

○昆布佃煮

将罗臼昆布切成 1.5cm 的方块，用水洗净。在鲣鱼汤里加入扇贝柱、酒、味淋，用砂锅煮至粘稠。每天煮沸一次后静置，反复一周，昆布变得柔软可口时就做好了。

○甜煮甘梅

在砂锅中放入去年腌好的梅干，加水后小火慢炖，去除盐分。在梅干的酸味去得差不多时换水，加入甜菜糖，煮至梅干变软。

○醋藕片

莲藕切片，用醋腌泡。连同醋汁煮过一遍，待莲藕稍软时加入甜菜糖，煮至入味。最后根据个人口味，加醋调味。

○煮黑豆

将黑豆用水泡两晚，每天换一次水。水换得太多会使黑豆颜色变淡，需要注意。泡好的豆子加水，小火慢煮，随时撇除浮沫。水沸腾浮沫冒出时掀开锅盖，待浮沫消失再盖上。黑豆变软后加入味淋、酒、少许甜菜糖调味。将黑豆连同煮汁放入瓶内冷藏保存。

"丹波的黑豆最好，无论煮多久豆皮都不会破呢。"

刀拍牛肉

刀拍鲣鱼片

烤炉烤鸡

刀拍牛肉

"做这道菜,需要准备 500g 大块牛肉。我们家喜欢带点粉红色的肉。"

※ 往平底锅中倒油加热,将整块牛肉煎至颜色变深,然后放凉。接下来做烤肉酱汁。将底汤、酱油、味淋、酒、醋一起倒入锅中混合煮沸,放置保存。煎好的牛肉切成薄片,装盘,盘中配上煮好的蚕豆。如果正好菜园里有,还会撒上葱花、生姜、襄荷、紫苏叶等,装点出丰富的色彩。

刀拍鲣鱼片

"我每年都会在同一个地方买鲣鱼做这道菜,那就是静冈县烧津市的百年老铺山政。那儿的鱼没有异味,味道很好,修一特别喜欢。我不怎么爱吃生鱼片,就陪着他吃点儿而已(笑)。"

※ 把生鱼片切成修一先生喜欢的大小。再把紫苏、生姜、襄荷、香葱切末,铺满生鱼片,最后浇上之前做好的酱汁。"我去菜园摘一点儿香葱,稍等一下哦。"英子女士边说边快步走去菜园。

右/做刀拍牛肉的牛肉块。用铁质平底锅加热橄榄油,注意每一个面都要烤到。左/每年都会预定两块这么大的鲣鱼,它们是春末的惊喜。

烤炉烤鸡

"每年圣诞节我都做烤鸡送给花子。同样的做法还可以烤带骨鸡肉，常用来招待客人。做法简单又好吃。"

※ 在鸡腿肉上涂一层橄榄油，撒上盐和胡椒粉。带皮的一侧朝下放在面板上，撒一些切碎的无盐黄油，将冷冻过的小土豆放到肉块之间。放入预热至180℃的烤箱加热约15分钟，翻面浇上融化的黄油继续烤15分钟。烤箱不同效果也不一样，要注意观察烤肉的颜色变化。土豆容易熟，可以先拿出来，再给鸡肉浇上黄油，烤至焦脆。

黄油切至1cm厚的块，均匀地撒在鸡肉上。烤好后剔骨装盘，吃起来更让人畅快。

蜂蜜蛋糕

烤甘薯泥

芝士蛋糕

柠檬果子挞

蜂蜜蛋糕

○材料（15cm 方形木质烤蛋糕模具 1 份的量）

鸡蛋…6 个　砂糖…250g　蜂蜜…1 大勺

水…1 大勺　低筋粉…120g

○做法

1. 铺上适合模具大小的烤箱纸。
2. 将鸡蛋与砂糖用打蛋器打匀，再加入蜂蜜和水。
3. 倒入低筋粉，搅拌至均匀的糊状。
4. 将 3 中的蛋糊倒入模具，放入 180℃ 的烤箱，加热 5 分钟后取出，像写"ゆ"字一样，用筷子再次将蛋糊拌匀。
5. 放入烤箱加热 5 分钟，重复 4 的步骤。盖上盖板加热 30 分钟，拿竹签戳入蛋糕，不再有蛋液粘黏时便可拿出烤箱。冷却后将蛋糕从模具内取出。

\蜂蜜蛋糕模具/

修一先生亲手做的。"特意让修一做了这个尺寸，烤盘正好能当盖子。"

\芝士蛋糕模具/

20cm 芝士蛋糕模具。有底部可拆卸与不可拆卸两种。

烤甘薯泥

○材料（30 份的量）

甘薯…5cm 粗、30cm 长的甘薯 4 根　朗姆酒…2 小勺　鸡蛋…1 个　鲜奶油…200cc　砂糖…50g

○做法

1. 整根甘薯放入预热至 180℃ 的烤箱加热 30 分钟，取出后切成两份，挖出甘薯肉。稍微放凉之后加朗姆酒、蛋液搅拌均匀。
2. 往鲜奶油中加入砂糖，充分搅拌，打出细腻泡沫。
3. 将 1 与 2 中的食材混合，分成 30 小份，捏成船型，摆在烤盘上，在表面涂上蛋液（额外分量）。
4. 放入 180℃ 的烤箱加热 10 分钟左右，调换烤盘的前后位置，再加热 10 分钟。

\果子挞模具/

20cm 果子挞模具。烤好果子挞饼底后放入冰箱保存，加上满满馅料后用烤箱加热即可。

芝士蛋糕

○材料（20cm 芝士蛋糕模具 1 份的量）

奶油芝士…200g　酸奶油（或凝脂奶油）…100g　蛋黄…2 个　砂糖…50g

蛋清…2 个　细砂糖…40g　低筋粉…10g　玉米淀粉…20g

柠檬汁…一个柠檬的量　果子挞饼底（制作方法见 111 页）…1 份

○做法

1. 奶油芝士与酸奶油混合，加入蛋黄、砂糖、柠檬汁，搅拌均匀。
2. 细砂糖加入蛋清，打成粘稠糊状。
3. 将 1 与 2 混合，快速搅拌保持发泡的状态。倒入低筋粉、玉米淀粉搅拌均匀。
4. 将 3 倒入模具，放进预热至 180℃的烤箱，加热约 30 分钟，颜色变深后取出放凉。

柠檬果子挞

○材料（20cm 果子挞模具 1 份的量）

A　柠檬汁…1 个柠檬的量　砂糖…150g　水…270cc

蛋黄…2 个　玉米淀粉…少许　蛋清…2 个　砂糖粉…少许

果子挞饼底（制作方法见 111 页）…1 份

○做法

1. 将 A 倒入锅内，小火加热至粘稠熄火。
2. 待 1 稍微冷却，倒入果子挞饼底。
3. 细砂糖加入蛋清打成粘稠糊状，倒入果子挞饼底，整体搅拌，保持发泡状态。
4. 放入预热至 180℃的烤箱加热 3～5 分钟，待蛋清烤至发黄便可取出。

英子女士喜欢将好几种蛋糕做成拼盘招待客人。"能尝到好几种口味，客人一定很开心（笑）。"

巧克力布朗尼

可可风味木莓蛋糕卷

巧克力蛋糕

巧克力布朗尼

○材料（20cm 果子挞模具 1 份的量）

无盐黄油…60g　甜巧克力…60g　鸡蛋…1 个　细砂糖…95g　低筋粉…55g

肉桂粉…1/3 勺　核桃…100g　朗姆酒浸西梅…65g　果子挞饼底…1 份

○做法

1. 黄油和巧克力放进碗里，隔水加热使其融化。
2. 鸡蛋和细砂糖装入另一只碗，用打蛋器充分打发起泡。将 1 倒入碗里，搅拌均匀。
3. 将低筋粉和肉桂粉撒入 2 中，再加入切好的西梅与核桃搅拌。
4. 将 3 倒入果子挞饼底中，放进预热至 180℃的烤箱加热 25～30 分钟。

可可风味木莓蛋糕卷

○材料（28cm 方形烤盘 1 份的量）

蛋黄…4 个　蛋清…2 个　细砂糖…80g　软化黄油…35g　低筋粉…20g

玉米淀粉…15g　可可粉…15g　木莓果酱…适量

○做法

1. 将 4 个蛋黄与 2 个蛋清混合，加入细砂糖，用打蛋器充分打发起泡。
2. 在 1 中加入软化融解的黄油，混合搅拌。
3. 把其他粉类全部倒入，搅拌均匀至没有粉状物。
4. 在烤盘上铺烤箱纸，将 3 均匀倒在烤箱纸上。放进预热至 180℃的烤箱加热 15～20 分钟。蛋糕胚冷却后从模具上取下，涂上木莓果酱，卷成适当大小。

"卷好放置一晚，蛋卷就不会散，味道也渗进去了。"

两种蛋糕搭配寒天水果冻，是津端家悠闲午后的待客佳品。

巧克力蛋糕

○材料（20cm 蛋糕模具 1 份的量）

甜巧克力…125g　无盐黄油…125g　蛋黄…3 个　蛋清…3 个　低筋粉…50g

细砂糖…125g　砂糖粉…适量

○做法

1. 在模具表层涂上黄油（额外分量），撒上低筋粉（额外分量）。
2. 巧克力和黄油放进碗里，隔水加热融化。将碗从热水中取出，依次加入蛋黄，每加一个都用打蛋器充分搅拌。
3. 蛋清和细砂糖倒入另一只碗中，打成粘稠糊状。
4. 将 2 和 3 混合，倒入低筋粉继续搅拌。
5. 将蛋糕糊倒入模具，用 230℃烤箱加热 10 分钟,调低至 150℃继续加热 20 分钟。
6. 冷却后从模具内取出蛋糕，用茶叶滤网均匀地撒上砂糖粉。

基本的果子挞饼底

○材料（20cm 果子挞模具 1 份的量）

黄油…125g　砂糖…25g　食盐…2.5g　鸡蛋…1/2 个

水…25cc　低筋粉、高筋粉…各 125g

○做法

1. 将室温条件下软化的黄油倒入碗内，用木片搅拌均匀。
2. 在 1 中加入砂糖和食盐，搅拌至黄油呈白色。
3. 鸡蛋与水混合，分 2～3 次倒入 2 中，继续搅拌。
4. 低筋粉与高筋粉混合后倒入 3 中，用木片整体搅拌。
5. 挞胚混合成块后放置在平坦的面板上，向中央揉压，反复 5 次。
6. 将挞胚按压至 3cm，用保鲜膜包好放入冰箱，冷藏 3 小时。
7. 继续将挞胚按压至 3mm 厚度，铺在模具上，用餐叉戳少许小孔。用压板压住放入烤箱加热 10 分钟，取下压板加热 5 分钟即可。

> 一次性做 2～4 块饼底，放入冰箱保存。加上不同的馅料就能做出很多种点心了，很方便哦。

老口味布丁

老口味布丁

○材料（20cm 蛋糕模具连底部 1 份的量）

鸡蛋…5 个　蛋黄…5 个

砂糖…185g　牛奶…750cc

牛奶糖：细砂糖…150g　水…50cc

○做法

1. 做牛奶糖。将水和细砂糖倒入锅中，开火加热。待糖水沸腾变为焦茶色后用木片搅拌，熄火并倒入模具。

2. 将鸡蛋与额外的蛋黄倒入碗内，加入砂糖，用打蛋器充分打发起泡。

3. 将牛奶一边搅拌一边一点一点地加入 2 中。全部倒入后，用竹筛过滤。

4. 将 3 倒入盛放 1 的模具中。

5. 放进预热至 200℃的烤箱内，隔水加热 30 分钟，调低至 180℃继续加热 30 ～ 40 分钟，利用余热持续保温。

6. 做好的布丁冷却至常温后放进冰箱，冷藏一晚。

"女儿们还小的时候，我常做给她们的，就是这种布丁和烤甘薯泥。"

老奶奶大显身手

八十八岁时,修一先生终于再次回到怀念的塔希提岛。"特别开心的一趟旅途。但在回家的飞机上,就开始想念留在家里的英子了。她一个人多孤单啊。"修一先生说。这次带给英子女士的礼物是一对香蕉树皮编织成的情侣帽子(见 2 页)。

记忆中的味道

英子女士出生于爱知县半田的一家造酒坊。当时,有很多酒坊工人在家里帮忙,一日三餐吃的都是自家园子栽的蔬菜。小时候,不爱上学的英子从学校回来就会去菜园里转转,那是她最开心的儿时回忆。"最早我种过一些当鸡饲料的菜叶子,差不多都是酒坊里的伙计帮忙种的(笑)。我一直看着它们长大。"

上女校后,长兄继承了酒坊,英子女士便和父母一起搬了出来。尽管如此,她还是在新家附近找了块空地,打理成一个小菜园。如今她对土地的热爱,也许就是从那时候开始的吧。

琅子与花子

印着女儿和外孙女名字的两把椅子,一大一小放在门廊处。坐在这里吹着微风,正好可以眺望到菜园里的绿色。

英子女士的母亲曾在当时并不多见的法国料理教室学过烹饪,十分擅长做各种料理。英子女士自幼肠胃不好,多亏有母亲亲手做的、有益于肠胃的健康料理。家里有一个德国制造的烤箱,她能经常吃到母亲烤的面包。

"我小时候就常吃面包,那时候面包还是个稀罕东西。刚烤出来的时候真的太好吃了。也许是小时候的印象太深了,到现在早饭也只喜欢吃面包。"

凭借对那段日子的记忆,和修一先生结婚以后,英子女士无师自通地将母亲为自己做过的料理做了出来,通过饮食调养着一家人的身体健康。

"我不太能吃外面的东西,就只能自己做。虽然刚开始做的时候一点儿也不好吃(笑)。"

蜜豆凉粉？

？

？

？

这是水果宾治么？

不是哦，这是蜜豆凉粉。

延续记忆中的味道

"用的少点儿也能过下去，但吃的一定得精挑细选。那可是关系着生命的事儿啊。"英子女士一直坚持这个想法，两个女儿就是她用亲手做的饭菜抚养长大的。

"但是啊，那时候修一工作忙，我也有好多事情没来得及做、或是没做好。所以女儿有了孩子以后，就想帮她做一些她们做不了的事情。"

作为外婆，能做些什么呢？外孙女花子出生的时候，英子女士就想：女儿工作忙，要多帮她，可以告诉花子好好吃饭有多重要，让花子尝到更多新鲜的、外婆记忆里的味道。

夫妇二人正默默摆着招待客人的餐桌。"我们俩啊，做什么都爱按着自己的方式和节奏来，客人坐着就好了。"英子女士说。

小时候，住在东京的花子一放假，就到高藏寺的外公外婆家住一段时间。和老人一起吃饭，帮着做一些农活儿。

"花子在家的时候啊，经常被表扬，没被凶过。这真是一件好事儿，正是这样她才长成这样一个温柔善良的孩子。"

在东京时花子也经常收到外婆寄来的包裹，有时是各式各样做好的料理和点心，有时是外婆家菜园里结出的各种蔬果。

"她每天都要带便当吧？不备一些放在便当里的小菜会很伤脑筋的。我用菜园里种的蔬菜做一些煮菜、金平牛蒡之类的，冷冻之后用冷链物流给花子家寄过去。有时花子还会主动提出要求：'外婆，给我做一点炖牛肉寄过来呗。'年轻人在外面打拼，我更想做些费工夫的料理送给他们。蛋糕也是做好就冷冻起来，寄给他们一整个。"

\ 洗碗 /

用餐后,餐具堆放在厨房的水槽里。修一先生一边认真清洗一边说:"我把这些洗了,待会英子就能轻松点儿了。"

\ 收衣服啦 /

晾衣服和收衣服都是修一先生的任务。"修一特别细心,每次都帮我把衣服晾得很平整,然后叠得整整齐齐。"

就这样,花子一直幸福地品尝着"外婆家的味道"。

英子女士用自己精心种的蔬菜和其他安全放心的食材做成的料理,陪伴着花子长大成人。

有这样一个小故事。修一先生和英子女士七十多岁时,采访二老的记者越来越多。一次花子突然问英子女士:"外婆,你最近做的菜味道是不是越来越重了啊?"

"来采访的都是年轻人,不知不觉口味就做得越来越重了。其实我也没想去改的。"英子女士说。

英子女士总是在无意间用体贴和爱心照顾着后辈们的喜好。

> 英子啊，NHK 的 Kaido 先生问我们八号有没有空？

> 正在编《明天也是小春日和》的续作，大家最近经常过来。

家里少不了的女人

英子女士说："我小时候特别认生，只喜欢待在家里。"女校毕业后，英子女士上过东京的英文学校，但没留在那里工作，而是回到了半田。后来在一个驻军的美国人家里做了一年多的家政工作，据说那是一段非常快乐的经历。

"我很喜欢做家务的。周末那家人办聚会，我就帮着做点儿吃的，还帮忙熨衣服、铺被子、打磨银器……都很新鲜。烤千层面和泡冰红茶都是那时候学会的。"

英子女士娘家经营着一家历史悠久的造酒坊，她又是家里唯一的

> 喝的时候，把浓浓的红茶倒进放了冰块的杯子里。

炎炎夏日，端上一杯冰红茶招待客人再适合不过了。刚刚沏好、冒着热气的红茶倒入放了冰块的茶杯中，瞬间清凉可口，茶香四溢。

女儿，从小家里人便教育她身为女性要通情达理，无论什么情况都不要顶嘴。

"女人啊，是不能向男人抱怨的。这算是商人家的规矩吧，要把别人的事情看得比自己的重要，与人交往不能只想着自己得好处。父母从小就是这样教育我的，所以为家人做点家务活儿在我看来理所当然。男女分工嘛，毕竟女人是要顾家的。"

和修一先生结婚后，英子女士凭着直觉，一件一件去尝试自己觉得该做的事。

"只要是我想做的，修一从来没有阻止过。他只是告诉我'要是不开心就别做了。'任我去做想做的事，这真的很难得，我很感谢他。还有，夏日的傍晚，在门廊摆上小炭炉，烤香甜可口的玉米。说起来，烤玉米可是修一先生的拿手绝活。

将玉米切段，盛到盘子里。刚烤好的玉米还有点烫手，但清甜香嫩的口感让人吃得停不下来。不一会儿就被大家吃光了。

从修一那儿拿来的钱是他辛辛苦苦挣来的，不能当是自己的。买食材肯定会有花销，但我还是很节俭。基本上没买过只给自己用的东西。"

"如今的年轻人真是太忙了，两个女儿都忙工作，有人帮着做点家务总是好的。当外婆的就该做这些。"英子女士笑着说。因为和女儿分开住，能帮的也就是一日三餐了。"每天的饮食关系着家人的健康。如果有人生病，就是我的责任了。"于是，英子女士将精心烹饪的美味料理装进充满爱意的箱子，寄给花子。在我们采访这天，她正要寄一份过去。

1 坐落在高地的津端家可以眺望到高藏寺新城。风穿过窗户吹进屋来，好惬意。

2 庭院里的杂树林、附近公园的花草树木一览无余。一年四季，窗外的美景都能让人放下烦恼，忘记疲惫。

不可或缺的调料

调料是除底汤外决定料理口味的重要因素,每一种都要精挑细选。这种不行,就得找另一种,不厌其烦。英子女士对美味的探求是不会停止的。

1	3	5
2	4	6

1 能将食物炸得金黄香脆的菜籽油、用来调味金平牛蒡的飘香芝麻油以及其他料理中经常用到的橄榄油和葡萄籽油。**2** 酱油要用角长牌的。这是修一先生信赖的老字号,已经陪伴了夫妇二人很久。**3** "我很爱喝朗姆酒。做点心时会放一点点进去。" **4** 富士醋与葡萄酒醋。"同样都是酸味,但是葡萄酒醋的味道更温润,适合搭配寿司、果酱,或做和果子。凉拌黄瓜需要重一点儿的酸味,那就用富士醋吧。" **5** 味淋和枫糖浆。"最近试着用枫糖浆代替味淋,枫糖浆味道更清淡些,做金平牛蒡和炖藕什么的会用到。" **6** "十年陈酿(右)做餐前酒,五年陈酿(左)用来做料理。炖肉或叉烧时会用到。"

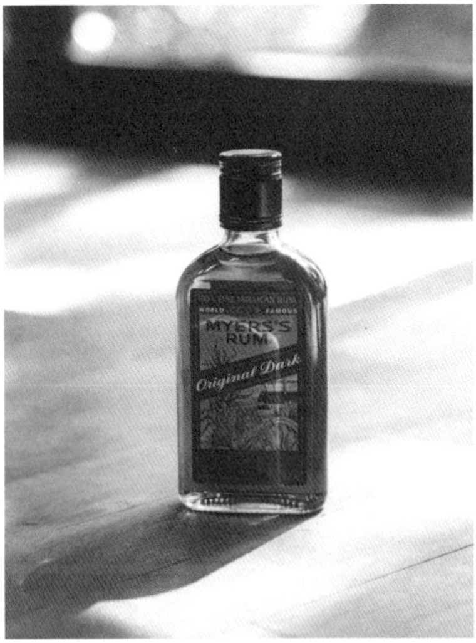
MYERS'S
RUM
Original Dark
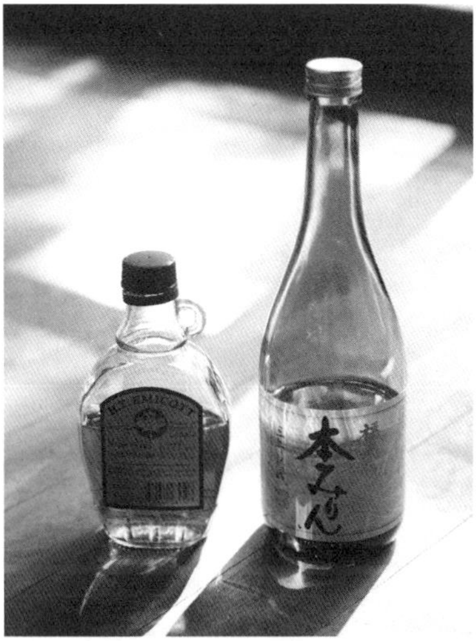
本みりん
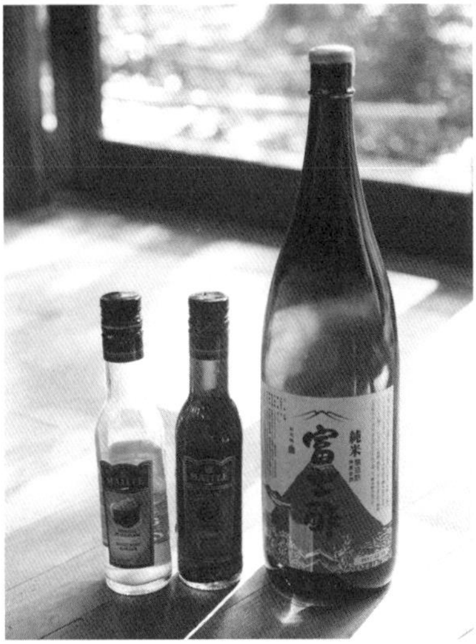
純米
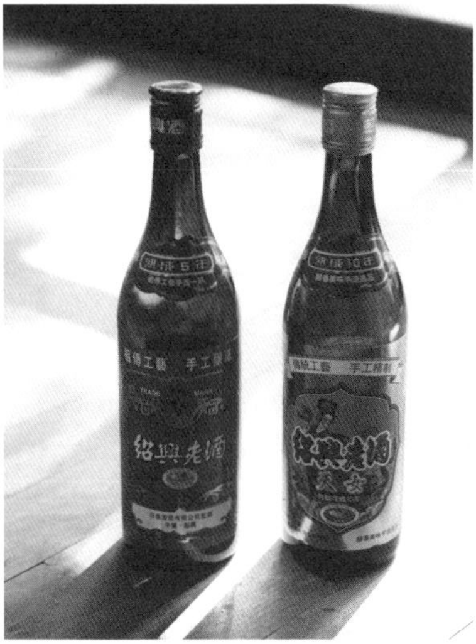
紹興老酒

夫妇俩最近开始无盐生活，料理基本上不放盐。但寄给花子的和招待客人的料理还是会放一些法国盐。偶尔也会用日本粗盐。

甜味柔和的上白糖，用来做栗金团，或撒在寒天水果冻上。其他料理通常用富含矿物质的甜菜糖。

将白味噌、红曲味噌和红酱汤味噌混合在一起。"我出生在半田，还是更喜欢吃红味噌。最近味噌汤喝得少了，这些酱总也吃不完。"

平田牧场的炸猪排酱和飞鱼汤料很不错。淡淡的咸味是唯一代替食盐的，一定要选信得过的牌子。番茄酱通常都用自家做的，如果家里的吃完了，就用这种有机番茄酱。

今天有什么好吃的呢？不知哪里来的小猫，在庭院里偷窥着厨房。

菜园一角整齐地摆放着发酵混合肥料的容器。夏天将干枯的草叶树枝放进去。津端家的菜园从不使用化学肥料，这里发酵的堆肥就尤为重要。

有菜园和树林便能生活下去

英子女士说："自从搬到高藏寺、有了这块儿地，我就想，不存钱也没关系，地里总能有吃的。

"开垦菜园的过程真是漫长。现在的蔬菜比刚开垦那会儿长得好多了，杂树林也茂盛起来。每年都冒出许多竹笋，大量的落叶正好用来做堆肥，林间吹来的风也让人特别舒服。再也没有比这更奢侈的享受了，这些都是我们家不可或缺的宝贝。

"虽然这片菜园和树林不能带来经济收入，但结出了丰硕的果实。今后我也会好好利用这块土地，还想把它留给花子呢。"英子女士微笑着说。

菜园和木屋相连起来，仿佛一艘大型帆船，正中央立着旗杆，不同的季节挂着不同的彩旗，随风摇曳。

英子女士用羊毛线针织的袜子和围巾。当作冬日的问候,送给关照自己和家人的朋友们。她每天织一个小时,今天也没落下。

◆ こはるびより

暖暖针织袜

棉花也是自家菜园种的哦

收获棉花

剥掉种子

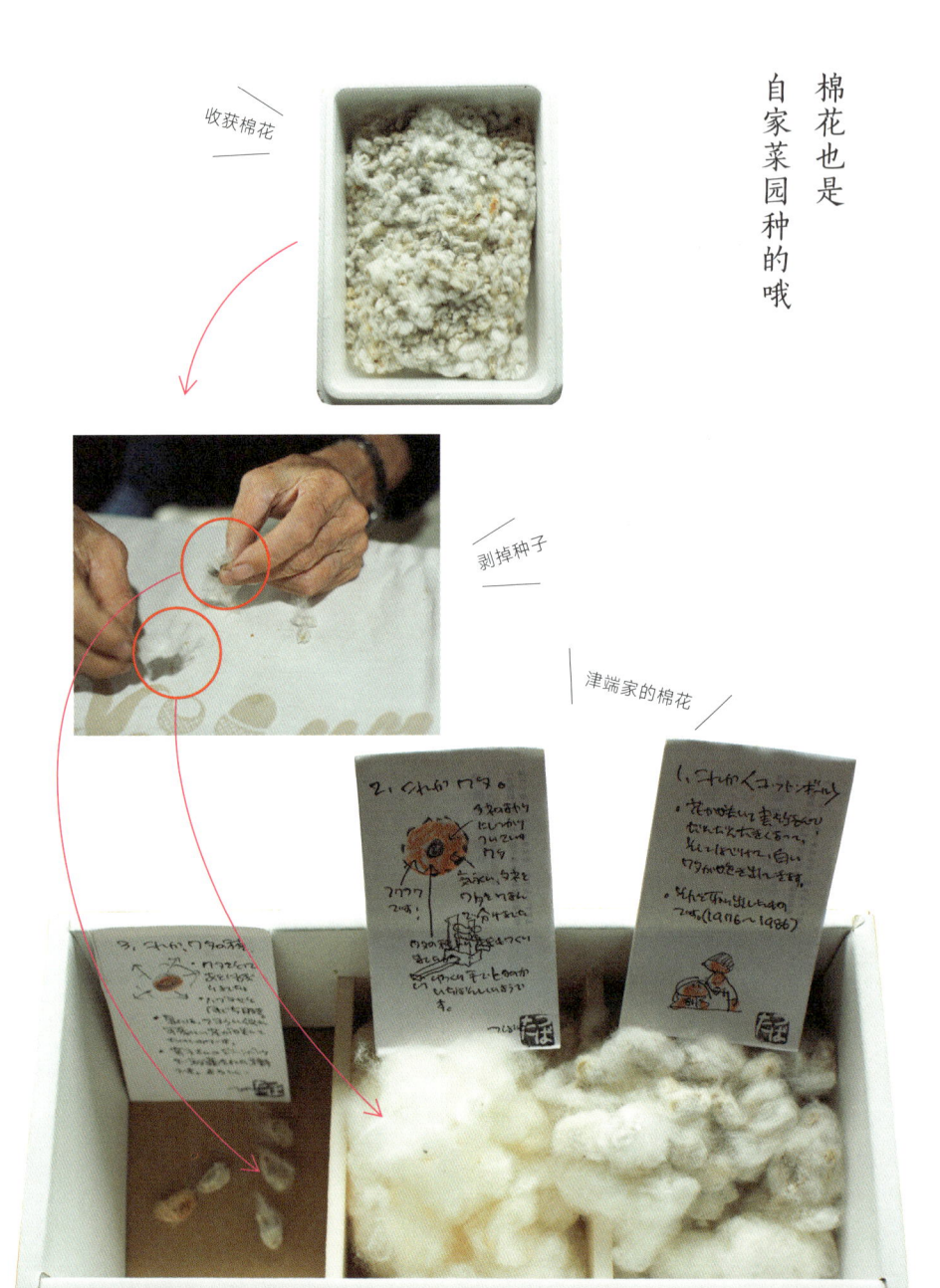

津端家的棉花

|全是天然的颜色|

纯天然羊毛线

"住在山梨县的侄子每年都会寄来纺好的原羊毛。我就用它做一些编织活儿。都是纯天然的,所以颜色没那么多。但这也不错啊!"

|纺线机

"有纺线机就方便些,所以借了一台旧的。"里面那个像车轮一样的"绕线器"可以把毛线理整齐,不会打结。

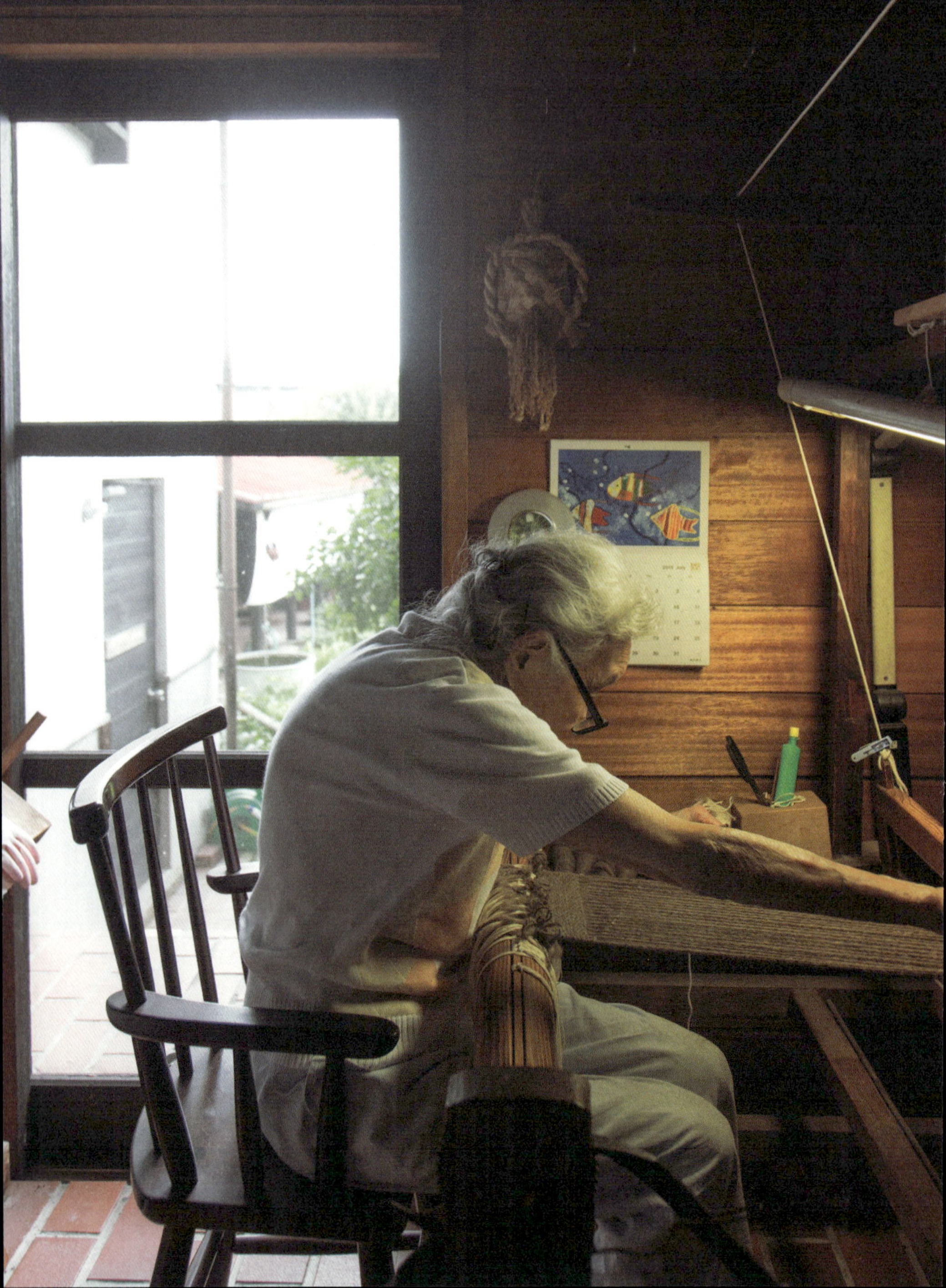

一天一小时

用织布机织围巾

穿过宽敞的客厅与卧室,在靠近菜园的一边有一间屋子,放着英子女士的织布机。"我用侄子亲手纺好的羊毛线做几条围巾,送给一直以来照顾我们的朋友。去年好像织了一百多条吧,记不太清了(笑)。"

津端夫妇从不用买来的东西送人,而是用一件件手作表达对朋友们的谢意。

英子女士的袜子是这样织出来的

> 在医院排队的时候也会拿出来织一会儿。

> 这里光线好，比较亮堂，适合织东西。

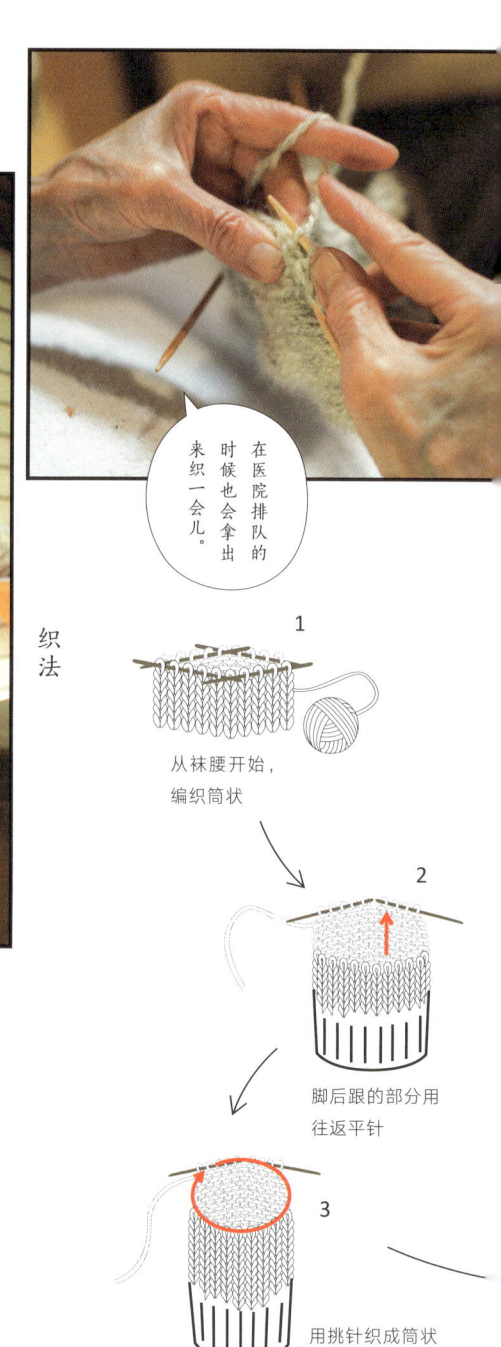

从女佣那儿学会的编织技法

织法

1 从袜腰开始，编织筒状

2 脚后跟的部分用往返平针

3 用挑针织成筒状

看！脚后跟的部分织出来了！

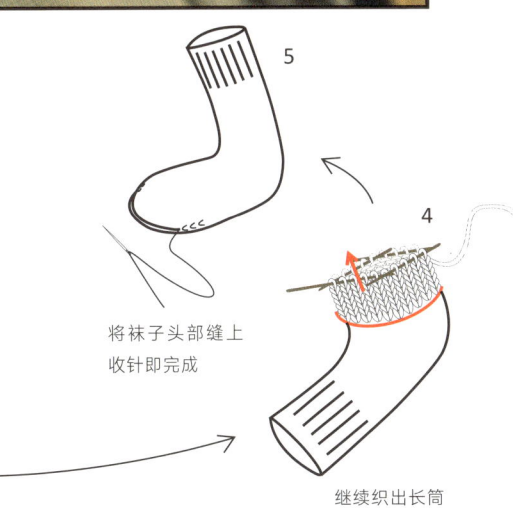

另一只马上也能织好了！

将袜子头部缝上收针即完成

继续织出长筒

"在女校念书的时候，和我一起生活的女佣会帮我把制服压平，教我一些编织的方法。织袜子就是她那时候教我的。我只会这一种织法，但是长年累月地织，也总算能织得不错了。"

137

啊！破了一个大洞。

袜子破了缝上就好

"家里一到冬天就很冷，连床都是冰凉的，必须穿着羊毛袜才睡得着。为了让客人也有的穿，冬天里总会织几双新的备用。"

羊毛袜在房间里被当成鞋子穿，脚后跟和脚尖的位置很容易破。英子女士却从不介意。

"破就破吧，用差不多颜色的线缝上不就好了，没什么大不了的。你看，这不又能穿了吗（笑）？"

\补破洞的方法/

1 用相似的毛线，从破洞稍远的地方沿着针脚纵向织针。

4 接下来横向织针。

2 折回来继续织，不断反复。

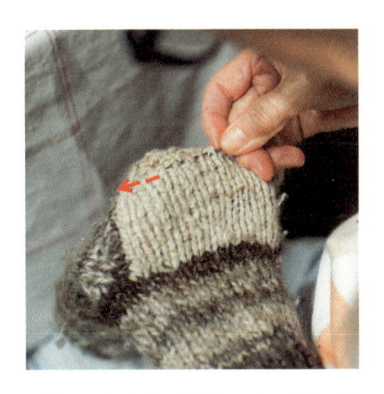

5 横向也来回折着织，每一针都要与纵向交叠。

3 一直织到破洞另一侧稍远处。

\好了！大功告成！/

你看，又能穿了！

暖暖羊毛袜的织法

○织法

织的时候只用单股毛线。

1. 用平针起针，共 40 针，织成环状。接着用单罗纹针编织 25 行。

2. 侧面用平针，织到 16 行。

3. 脚后跟位置分为两个 20 针，连接底侧的 20 针一边减针一边用往返平针织到 24 行。连接甲侧的 20 针空针。

4. 继续织甲侧和底侧。从脚后跟 10 针处继续织 12 针，从空针处编织 20 针，脚后跟的另一侧编织 12 针，这一行织成环形，共 54 针。

5. 参照图示，在四处减针，平针织到第 9 行。接下来不加减针，继续织到第 45 行。脚尖部分同样 4 处地方减针，织到 52 行。

6. 最后剩下的 8 针用平针织法，缝合两侧。再用同样的织法织出另一只袜子。

※ 成袜尺寸

　　袜底长　约 22cm（脚掌尺寸 22～24cm 可穿）

　　袜筒长　约 26cm

※ 针数

　　16 针 ×26cm=10cm

○材料与工具

极粗手纺毛线　约 180g

8 号棒针　4 根

毛织品缝合针、剪刀等

※ 尺寸和针数可根据需求调整。英子女士使用的是手工纺线，粗细有差异，每次织成的袜子大小略有不同。编织时请根据所需尺寸调整行数。

示意图／Tama 工作室

示意图　※将◎与⦿用平针缝合织法接上

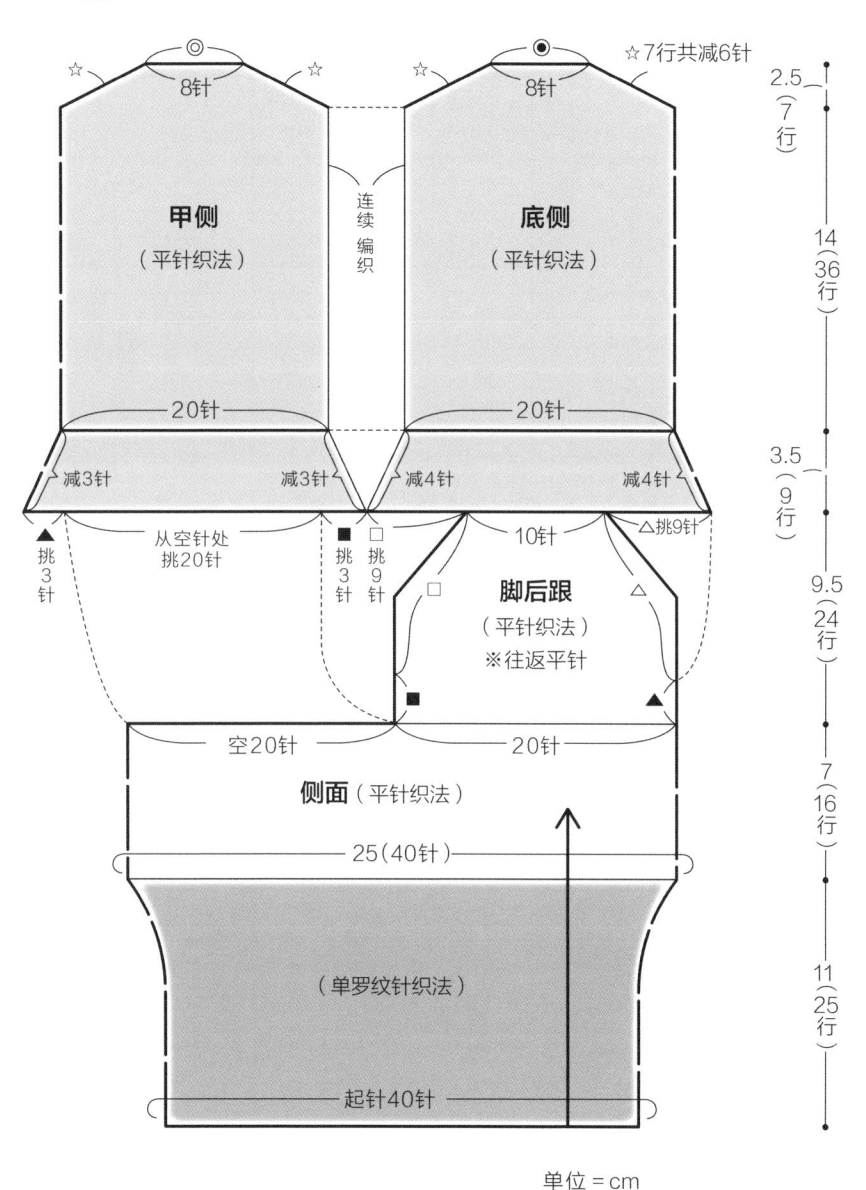

☆7行共减6针

8针　　　8针

甲侧（平针织法）　连续编织　底侧（平针织法）

20针　　　20针

减3针　减3针　减4针　减4针

从空针处挑20针　挑3针　挑9针　10针　△挑9针

▲挑3针　脚后跟（平针织法）※往返平针

空20针　　20针

侧面（平针织法）

25(40针)

（单罗纹针织法）

起针40针

2.5(7行)

14(36行)

3.5(9行)

9.5(24行)

7(16行)

11(25行)

单位=cm

141

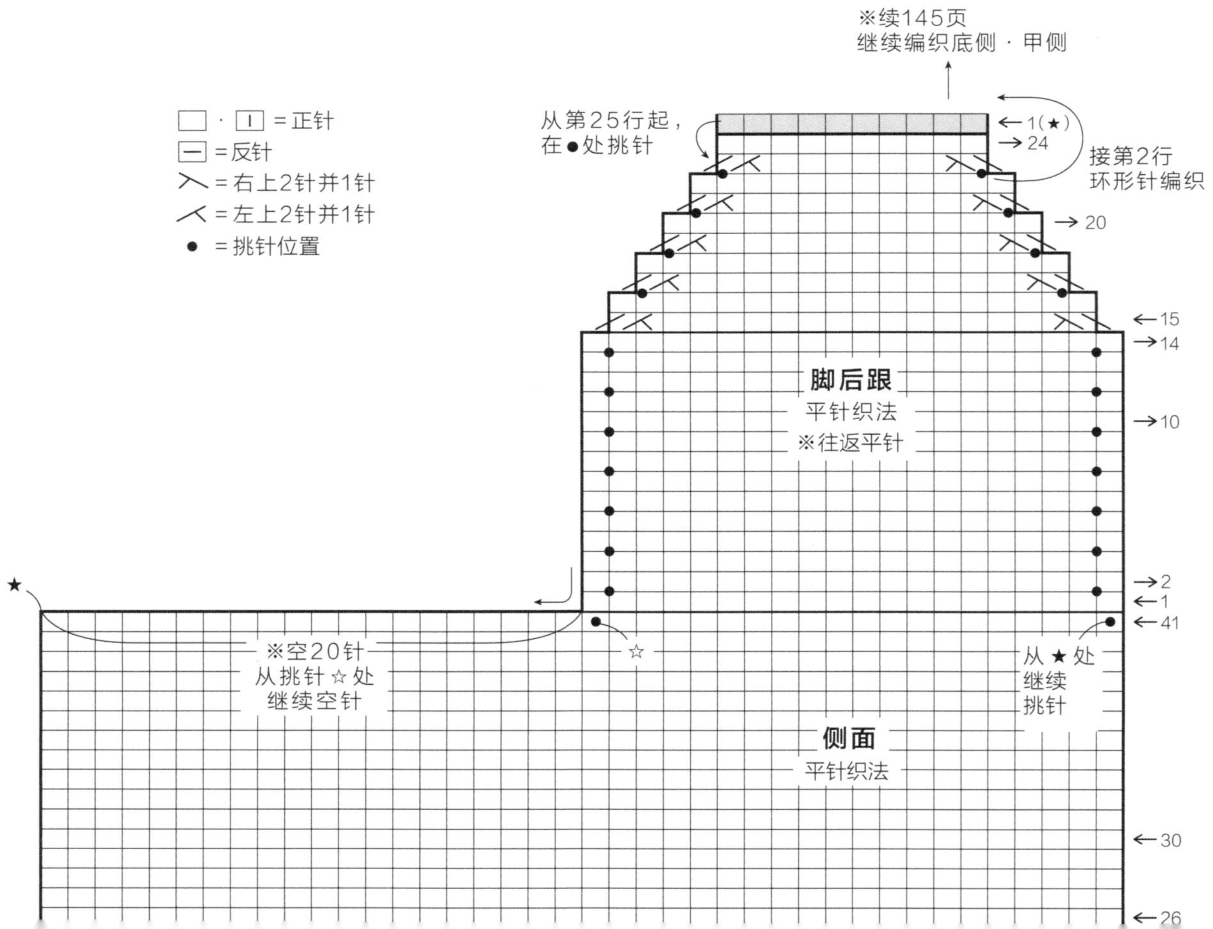

※续编织底侧·甲侧
继续145页

接第2行
环形针编织

←1(★)
→24

从第25行起，
在●处挑针

→←15
→14
→10
→20
→←2
→←1
←41
←30
←26

脚后跟
—平针织法
※往返平针

从★处
继续
挑针

侧面
—平针织法

※空20针
从挑针☆处
继续空针

□·□=正针
□=反针
入=右上2针并1针
入=左上2针并1针
●=挑针位置

142

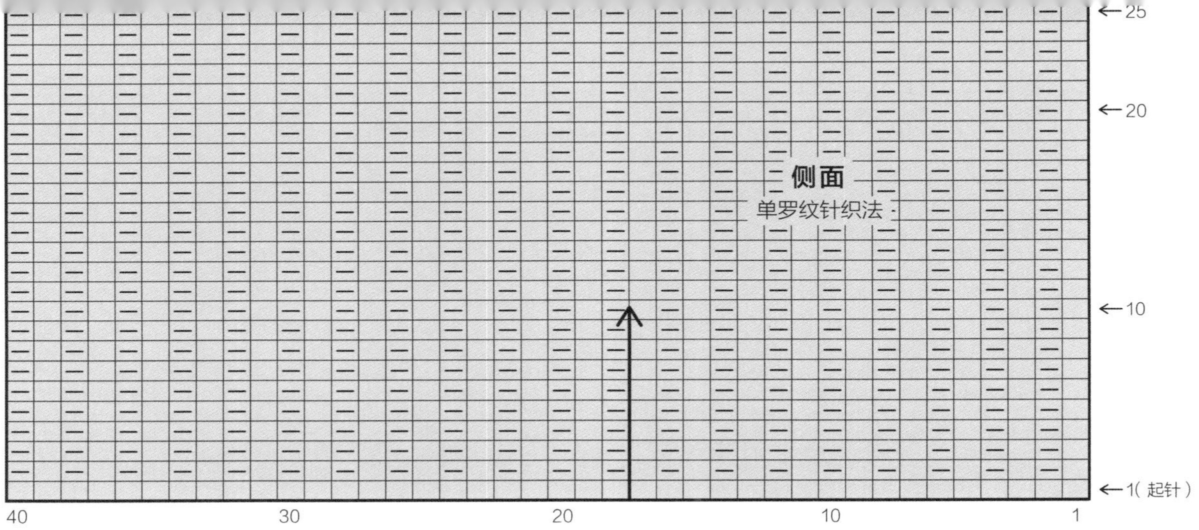

侧面至脚后脚跟处编织方法标记图

侧面
单罗纹针织法

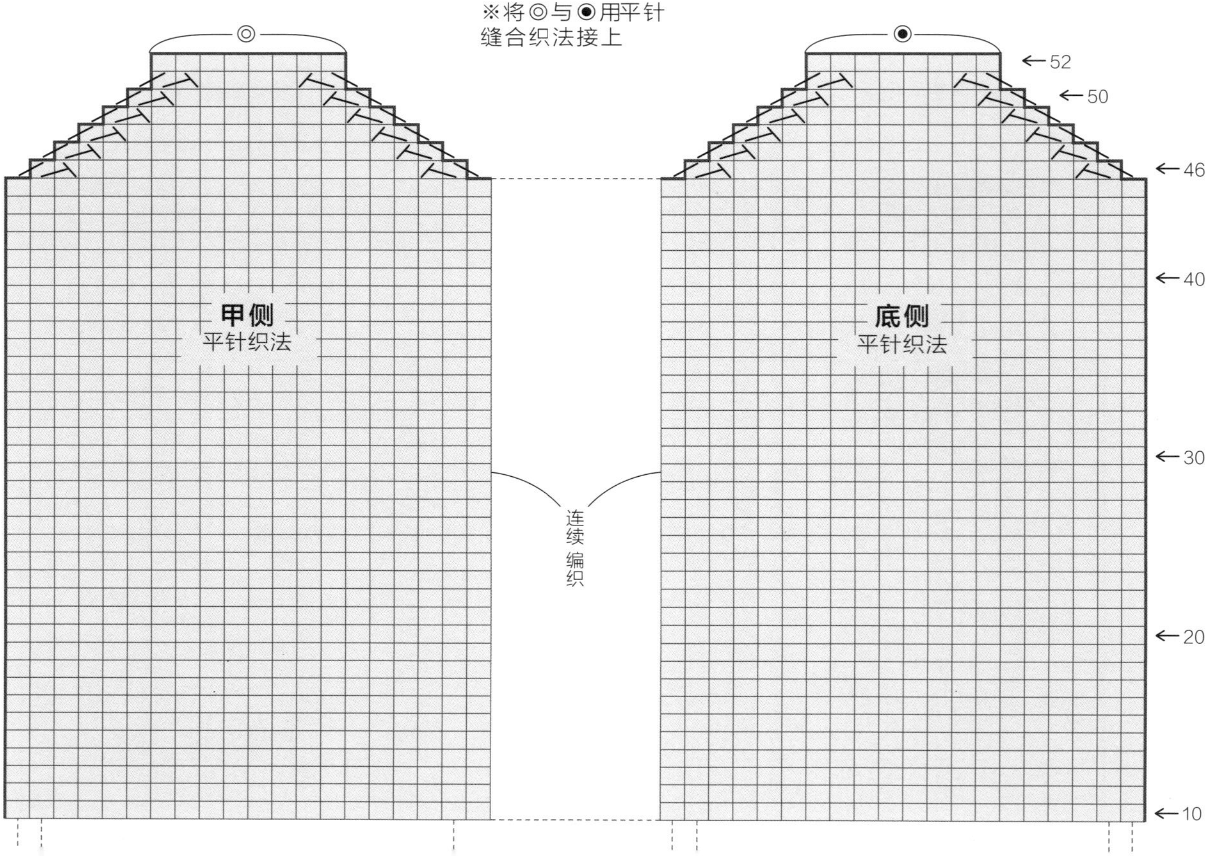

144

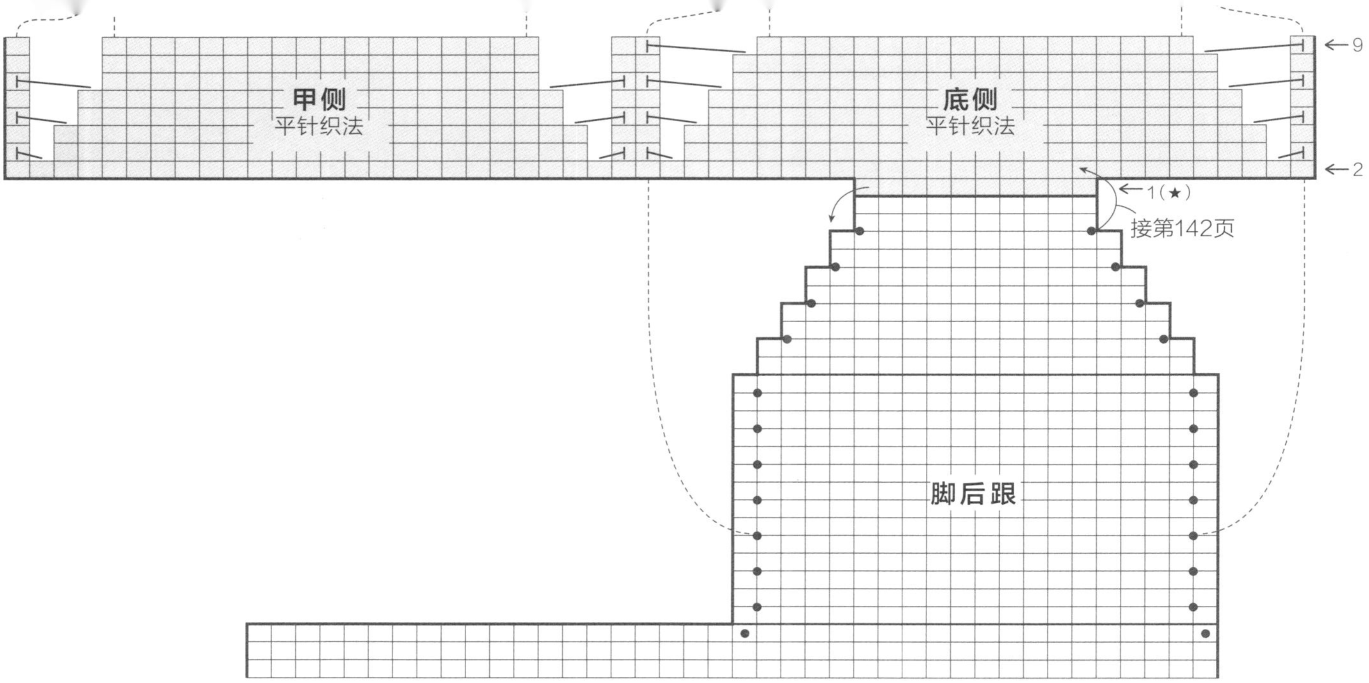

※接142页
脚后跟处至甲侧、底侧
编织方法标记图

←9
←2
←1(★)
接第142页

底侧
平针织法

脚后跟

甲侧
平针织法

145

修一先生大手大脚　英子女士节俭持家

花子的存钱罐

新买的冰箱上,放着一个小猪模样的存钱罐。这是给花子存五百日元硬币用的。"钱不够的时候就拿出来用,所以现在还是空的(笑)。真是一点儿都存不下钱来啊。"

白色运动鞋

"修一他一定没操心过钱的事儿,一定!他以前可能都不知道家里的收支情况。刚结婚那会儿,有一次跟他提钱,他就不开心了。之后我就再也没跟他商量过这些。"英子女士坦然地说道。

"虽然我一直喜欢操持家务,但还真没给自己买过什么东西。今天穿的这件,还是女儿穿剩下的(笑)。修一花钱从来都是大手大脚,月工资只有四万日元的时候,他就敢毫不犹豫地花七十万买一艘帆船。起初我感到很不可思议,但后来渐渐觉得也没什么不对。这艘帆船给了我和孩子们很多很美好的回忆。"

> 这保温壶漂亮吧。

> 英子女士肠胃不好,不能喝凉的东西。夏季要常温,其他季节都喝温热的决明子茶。有了这个保温壶,她随时都能喝到温温的茶了。

> 唉,这个壶太旧了。不一会儿就凉了。

> 盖紧了啊。

> 英子啊,盖子没盖紧吧?

  英子女士自小在生活中就没怎么直接和钱打过交道。"五条短裤,三件内衣。正月家里人再给我买几件新的。除了校服,再有一两件自己的衣服就很好了。一说我家是开酒坊的,大家都以为我的生活一定很富裕。其实,家人还是很节俭的。可能是母亲对开销管得很严格吧。"

  英子女士从小被家里人教育不要对男人做的事指手划脚,婚后将娘家带过去的和服、宝石等嫁妆变卖,想方设法维持家计,总算熬过了一个又一个难关。

  "其实只要习惯就好。这个社会上流行的事儿,我们家一件都没做过。存钱、买保险什么的,一概没有,所以必须保持健康,不能生病啊(笑)。"

  英子女士勤俭持家,小心谨慎地使用一切到手的东西。原本洁白

津端家

九十岁接下的设计工作

修一先生九十岁时，接下了九州医院的设计工作。"我很讨厌设计成笔直的医院走廊。"修一先生说，"蜿蜒的长廊，可以让病人走着走着心情变得轻快起来，希望我的设计能做好这一点吧。"

津端家选址极佳，从家里能俯瞰葱葱郁郁的公园。修一先生一直小心翼翼地保存着建设高藏寺新城时的资料。

的运动鞋每年冬天都穿，直到泛黄。修一先生记在心上，偷偷拜托女儿买了一双一模一样的新鞋，送给英子女士当作圣诞礼物。

英子女士说："我说了不需要礼物的……"

而修一先生说："英子穿的那双鞋太旧了，就想给她找一双一样的，可是没找着。好不容易让女儿帮着找到了这双，想当礼物送给她。"他还在鞋子里写了赠言。

"现在冬天要穿两层袜子，鞋子太紧都穿不上了。这双鞋只能留着夏天穿啦（笑）。"英子女士打趣道。

夫妇二人的礼尚往来乍一看不太对等，但他们永远细心呵护着对方，让周围人无不感动。

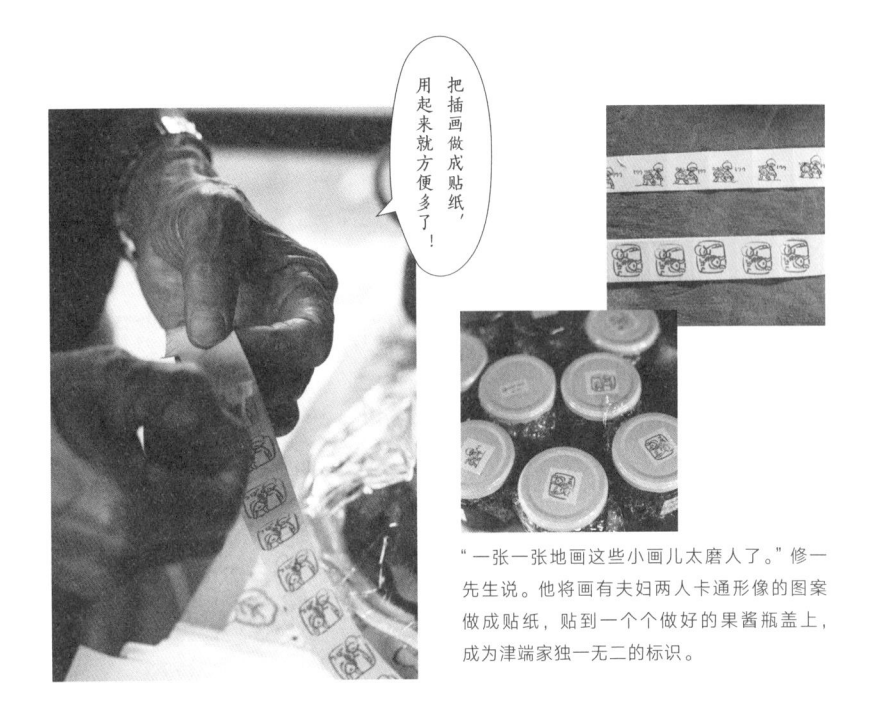

> 把插画做成贴纸，用起来就方便多了！

"一张一张地画这些小画儿太磨人了。"修一先生说。他将画有夫妇两人卡通形像的图案做成贴纸，贴到一个个做好的果酱瓶盖上，成为津端家独一无二的标识。

今日事无须今日毕

丰盛的大餐如风卷云残般被一扫而空后，客人通常会帮忙收拾餐桌，而英子女士一定会说："不用了不用了！就那么放着吧，我待会儿再弄。"堆叠如山的餐碟、油腻腻的锅盆收拾起来一定不轻松。但她笑着说："今天收拾不完也没关系啊，一点一点来呗。"

厨房没有热水，但英子女士有一套清洗餐具的独门秘籍：在水桶里放好水，加入洗涤剂（米糠皂）去除油污。这段时间烧一壶热水，用烧开的热水清洗餐具。然后擦拭干净，放上厨架。她不紧不慢地完成这一连串动作，熟练又轻松。

"硬要一口气把所有活儿都做完，就容易焦虑烦躁。如果告诉自己明天还可以接着做，心情就会轻松许多。最近，我已经习惯这样的慢

庭院里盛开的水仙花,被拿进来装点屋子。无论多忙,英子女士都不会忘记用四时绽放的野花装点房间。

节奏了。"

编织和缝纫一天只做一个小时,熨烫桌布一次也不会熨太多。决定今天只除一垄地草,就不会勉强自己做更多,累的时候不把根除干净也没关系。做腌制品、昆布卷,得空的时候将冷藏保存的木莓做成果酱……英子女士总是依着自己的节奏来,不慌不忙。

收拾屋子,干农活儿、手工活儿,烹饪都是如此。做事情不勉强在当天完成,一点一点来或许刚刚好。"修一的生活信条就是'无论干什么,最重要的是开心'。"英子女士说。用最适合自己的方式,一边享受生活,一边完成每天的家务。

是我用新配方做的！

布丁

"这次的配方和之前的不太一样。"英子女士介绍。她之前试着做了烤薄饼，味道很不错，这次用同一个料理研究者的配方挑战做布丁。"以前都是拿大模具烘烤的，今天换成小模具，不知道能不能成功呢。"

永不停止的好奇心

英子女士凭借直觉和舌头挑选食材、烹饪料理，现在每天仍然会思考："怎样做更好吃呢？尝试一下这种方法会不会更好呢？"

遇上感兴趣的菜谱，英子女士会一遍又一遍地学习、尝试，确认做出来是否真的好吃、是否每次都能做出理想的味道。书里或电视上推荐的调料她都会买来试一试，觉得不错就用下去。时刻吸收新的信息，不过分依赖用惯了的菜谱和食材，是英子女士一贯的坚持。

"煮菜的时候要放糖，这次我试着只放一丁点儿，看味道怎么样。"

"平时都用烤箱，下次换蒸笼会不会好吃呢？"

"家里的烤箱用很久了，最近想着把厨房用具换新呢。"

\虾仁莲藕春卷\

英子女士看了女儿带来的烹饪菜谱,觉得虾仁春卷一定很好吃,决定尝试一下。配料参考书中的介绍,但英子女士坚持用自己独创的卷法。她笑着说出那句口头禅:"差不多就行了。"

英子女士一件又一件地说着接下来想做的事儿。给老伴儿烹饪无盐饮食,再一次激起了她对料理的探求心。

英子女士还想重新开始刺绣。她学过白线刺绣,家里还留着许多作品呢。但这几年越来越看不清白色的线,便渐渐放下了。可她一想到可以在花子嫁人的时候送一份刺绣作礼物,便重新燃起了斗志,决定每天绣一点儿,花子嫁人的时候或许刚好完成。

有热情,有期待,向明天迈进——这才是英子女士生活的动力源泉吧。

菠萝蛋糕

○材料（20cm 蛋糕模具 1 份的量）

菠萝干…适量　细砂糖…100g　水…35cc　无盐黄油…40g

鸡蛋…3 个　砂糖…100g　软化黄油（无盐）…40g

A　低筋粉…80g　玉米淀粉…20g　发酵粉…1 小勺

○做法

1. 在锅中加入水、细砂糖，做成牛奶糖倒入模具。凝固之后涂上黄油。
2. 将菠萝干均匀地铺在 1 上。
3. 鸡蛋、砂糖倒入碗中，用打蛋器充分搅拌至粘稠泡沫状，加入软化黄油，搅拌均匀。
4. 在 3 中撒入 A，搅拌均匀后倒在 2 上。
5. 放入预热至 200℃的烤箱加热 10 分钟，将温度调低至 180℃继续加热 15 分钟。

菠萝干的制作方法见 38 页。如果没有现成菠萝干，可以将新鲜菠萝切成薄片，用黄油翻炒去除水分后使用。

圣诞水果蛋糕

○材料（22×10×7cm 蛋糕模具 1 份的量）

砂糖…130g　鸡蛋…2 个　蛋黄…1 个　软化黄油（无盐）…135g

A　低筋粉…170g　发酵粉…2/3 小勺　肉桂粉·肉豆蔻…各 1/2 小勺

核桃…40g　朗姆酒浸西梅…100g　各类果干（芒果干、菠萝干等）…适量

○做法

1. 在模具表层涂上黄油（额外分量），撒上低筋粉（额外分量）。
2. 砂糖、鸡蛋、蛋黄倒入碗中充分搅拌，打出白色粘稠的泡沫。
3. 将 A 混合均匀，倒入核桃、朗姆酒浸西梅、各类果干。
4. 在 2 中加入黄油，再倒入 3，用木片充分搅拌均匀。
5. 将 4 倒入模具，放入预热至 180℃的烤箱加热 35 分钟。
6. 冷却至常温后放进冰箱保存，约 10 日便可食用。

蛋糕要放置十日左右再切成片才会紧致酥脆。如果刚烤出来就切，就会变成这样。

各类针法及编织标记图的织法

正针

1

平针织法

1 如图，右手所拿棒针（右针）在毛线上方，将右针向下插入左手所拿棒针（左针）结扣中。

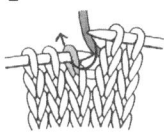

2 将毛线由后至前绕右针一圈，右针向己侧从结扣中穿出，带出毛线，再将一个结扣从左针中脱出。

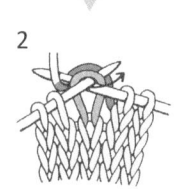

3 编织好的正针如图所示。

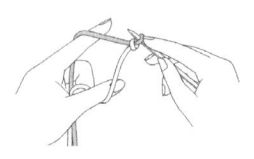

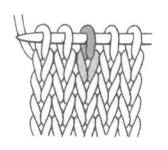

1 起针时在线端预留织物宽度的 3~4 倍长度，打一个活结，将棒针穿入。用左手拇指与食指调节结扣的松紧程度。

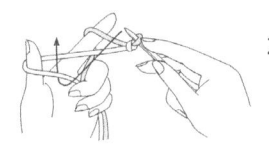

2 右手拿针，用食指压住结扣。棒针从左手拇指撑起的毛线下方绕过，从中间穿出。

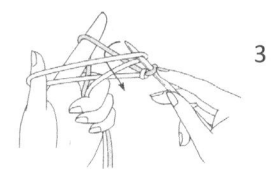

3 将棒针从左手食指撑起的毛线的下方绕过，如图穿出。

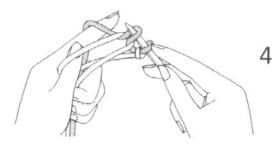

4 拇指脱离毛线。

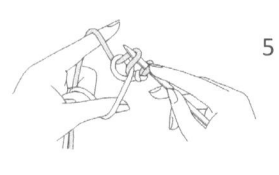

5 再用拇指撑起毛线，调节松紧程度。

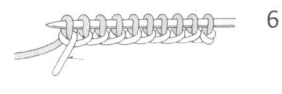

6 重复 2~5 的步骤，织出所需针数，完成第一行的编织。

反针	右上2针并1针	左上2针并1针	平针缝合织法
一	入	人	

反针

1. 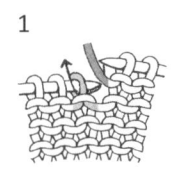 如图,与正针相反,毛线在右针上方,将右针向下插入左针结扣中。

2. 将毛线由后至前绕右针一圈,右针向外侧从结扣中穿出,带出毛线,再将一个结扣从左针中脱出。

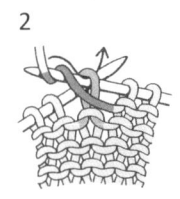

3. 编织好的反针如图所示。

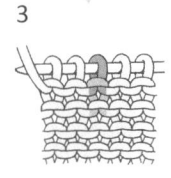

右上2针并1针

1. 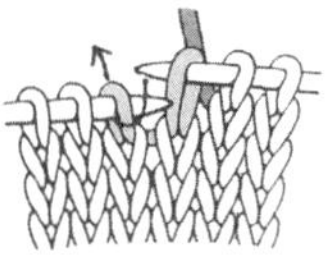 右针空拨一针,再如图将右针插入下一结扣,织正针。

2. 左针不织,拨到右针的结扣内穿出,压在1中织的正针上。

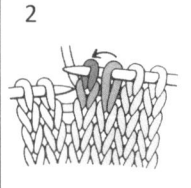

3. 如图所示,右边一针压在左边一针上。

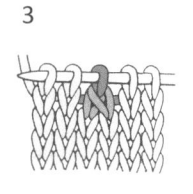

左上2针并1针

1. 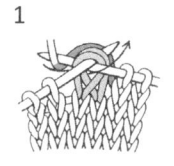 直接将2针交在一起,用右针从己侧插入,如图带出毛线,织正针。

2. 如图所示,左边一针压在右边一针上。

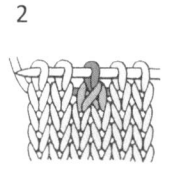

平针缝合织法

1.

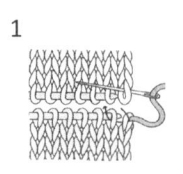

2.

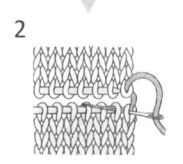

3. 将需要缝合的两端对接,如图1～3所示操作,用与织物本身相同的织法编织。

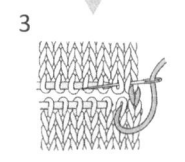

4. 往返交织,将两侧连接起来,每一针都需要调节松紧程度,保持整体针眼大小一致。

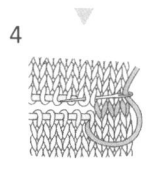

结语

我从小肠胃不好,上女校之前没在外面吃过东西,算是吃着母亲亲手做的料理长大的。家里开酒坊,需得日复一日的经营,一年中每个月都有固定的仪式,我就在这样的环境中长大。结婚至今,我的生活和在半田时没有什么区别,和呼吸一样自然,平静安宁地度过每一天。

很小就听大人们说"民以食为天",所以我在"吃"这件事上下了很大的功夫。

外孙女花子出生以后,我每个月会买两次当季的新鲜食材,亲手做吃的寄给她。这一做就是二十六年,每月两次,从没间断过。我想,当花子三十岁、四十岁的时候,也一定和我一样,能够把这尝了几十年的味道用自己的双手做出来。母亲留给我的味道,我也一定能留给花子。

在孩子们情感最丰富的那段时间里,修一每个星期日都会带我们去港口。每逢连休或是暑假,还带我们去帆船巡游。这一切看起来是那么理所当然,修一没有特别说什么,但他用实际行动连起了家人之间的牵绊，表达着父亲对女儿们的爱。这些，我们都真真切切地感受到了。

最近这十年，每次收看正月里箱根驿传竞走接力赛的转播，我都把自己当作那个挂着接力绶带的选手。在我把从母亲那儿接过的绶带交到后辈手中之前，我必须努力地活下去、好好地活下去。

英子

※ 二〇一五年六月二日，在本书编校之际，九十岁零六个月的修一先生在午睡时辞世，安然度过了生命中最后一段时光。衷心祈祷修一先生在另一个世界平安幸福。

编辑部敬上

HIDEKOSAN NO TAKARAMONO
© HIDEKO TSUBATA SHUICHI TSUBATA 2015
Originally published in Japan in 2015 by SHUFU-TO-SEIKATSUSHA CO., LTD..
Chinese translation rights arranged through DAIKOUSHA INC., JAPAN.
All rights reserved.

著作版权合同登记号：01-2017-2169

图书在版编目(CIP)数据

每天都是小春日和 ／（日）津端英子，（日）津端修
一著；黄少安译. -- 北京：新星出版社，2017.5（2021.4重印）
ISBN 978-7-5133-2622-3

Ⅰ. ①每… Ⅱ. ①津… ②津… ③黄… Ⅲ. ①随笔－
作品集－日本－现代 Ⅳ. ①I313.65

中国版本图书馆CIP数据核字(2017)第063150号

每天都是小春日和
[日]津端英子　[日]津端修一 著
黄少安 译

采　　访	（日）野野濑广美　　摄　　影　（日）田渕睦深
责任编辑	汪　欣
特约编辑	侯晓琼　烨　伊
装帧设计	朱　琳
内文制作	田晓波
责任印制	廖　龙

出　　版	新星出版社　www.newstarpress.com
出版人	马汝军
社　　址	北京市西城区车公庄大街丙3号楼　邮编 100044
	电话 (010)88310888　传真 (010)65270449
发　　行	新经典发行有限公司
	电话 (010)68423599　邮箱 editor@readinglife.com
印　　刷	北京奇良海德印刷股份有限公司
开　　本	880mm×1280mm　1/32
印　　张	5.25
字　　数	120千字
版　　次	2017年5月第1版
印　　次	2021年4月第11次印刷
书　　号	ISBN 978-7-5133-2622-3
定　　价	39.50元

版权所有，侵权必究
如有印装质量问题，请发邮件至 zhiliang@readinglife.com